Guido Kasmann

Hexenmüll

Ein Kinderroman

Im BVK Buch Verlag Kempen sind weitere Bücher von Guido Kasmann erschienen:
- Appetit auf Blutorangen, Best.-Nr.: **LI01,** ISBN 978-3-936577-56-3
- Das Schweigen des Grafen, Best.-Nr.: **LI107,** ISBN 978-3-86740-792-2
- Kein Raumschiff im Schrank, Best.-Nr.: **LI27,** ISBN 978-3-938458-83-9
- Die Osterschildkröte, Best.-Nr.: **LI20,** ISBN 978-3-86740-027-5
- Sing, Luisa, sing! Best.-Nr.: **LI68,** ISBN 978-3-86740-404-4
- Der schwarze Nebel, Best.-Nr.: **LI38,** ISBN 978-3-86740-155-5
- Der Fluch des Bergzauberers, Best.-Nr.: **LI52,** ISBN 978-3-86740-245-3
- Der Angriff der Dunkelelfen, Best.-Nr.: **LI59,** ISBN 978-3-86740-315-3
- Allaq – Jäger im Eis, Best.-Nr.: **LI74,** ISBN 978-3-86740-474-7
- Die Bande der unbekannten Helden – rettet die Welt,
  Best.-Nr.: **LI94,** ISBN 978-3-86740-640-6
- Theo – das Tagebuch, Best.-Nr.: **LI88,** ISBN 978-3-86740-618-5
- Lena! Chaos! Klappe, die erste!, Best.-Nr.: **LI105,** ISBN 978-3-86740-777-9
- Schirmel und Oderich, Best.-Nr.: **LI86,** ISBN 978-3-86740-603-1

Bibliografische Information der Deutschen Bibliothek
Die Deutsche Bibliothek verzeichnet diese Publikation in der Deutschen
Nationalbibliografie; detaillierte bibliografische Daten sind im Internet über
http://dnb.ddb.de abrufbar.

www.buchverlagkempen.de

2. Auflage, Kempen 2018
© 2005 BVK Buch Verlag Kempen e. K., Kempen

Nach der neuen deutschen Rechtschreibung

Alle Rechte dieser Ausgabe vorbehalten durch
BVK Buch Verlag Kempen GmbH

Lektorat: Sandy van der Gieth, BVK
Umschlaggestaltung: Daniela Heirich, BVK, unter Verwendung der
Originalillustrationen von Peter Schnellhardt, Bad Rodach
Layout / Gestaltung: Daniela Heirich, BVK
Illustrationen: Gundra Kucy, Edmonton, Kanada
Druck / Bindung: GrafikMediaProduktionsmanagement GmbH, D-Köln

Printed in Europe

Best.-Nr.: LI93, ISBN 978-3-86740-635-2

Inhalt

Kapitel 1
Geräucherte
Spinnenbeine

Tiziana Fidelia Rigoletta Furiosa, die kleine Waldhexe, stand vor ihrem Regal mit den Essensvorräten. Sie hatte Hunger. Indem sie die Einmachgläser hin und her schwenkte, versuchte sie herauszufinden, was darin war.

„Geraspelte Schneckenhäuser ... Froschaugen in Tunke ... Rattenohren in Güllesoße ... Ameisenfrikassee ... Zum Hexendonner, wo sind die geräucherten Spinnenbeine?"

Mit einer plötzlichen Bewegung drehte sie sich zu dem Tisch in der Mitte ihrer Hütte, packte den Raben am Schnabel und zog ihn zu sich her.

„Friedwart, du Spiegelbild einer gerupften Nebelkrähe, hast du die Spinnenbeine gefressen?"

Der Rabe versuchte verzweifelt zu antworten, aber Tizianas fester Griff um seinen Schnabel machte es ihm unmöglich.

„Warum sagst du nichts, he? Schlechtes Gewissen, was?!" Ein heiseres Krächzen war die Antwort und Tiziana begriff endlich, dass der Rabe gar nicht antworten konnte. Zögernd ließ sie den Schnabel los und schaute Friedwart herausfordernd an.

„Na los, red endlich!"

Der Rabe plusterte sein Gefieder auf, schüttelte seinen Kopf und antwortete:

„Nein, ich hab deine Spinnenbeine nicht gefressen. Warum sollte ich auch? Du weißt genau, dass ich Spinnenbeine ekelhaft finde und erst recht nicht fressen würde. Und was Anständiges wie einen Toast mit Quark und Marmelade werde ich hier bei dir ja nicht bekommen ..."

Die Vorstellung, Marmelade essen zu müssen, war geradezu ekelhaft, dachte Tiziana.

„... aber dass du das Glas mit den Spinnenbeinen nicht findest, wundert mich überhaupt nicht. Und dich sollte es auch nicht wundern. Schau dich doch bitte nur einmal um in deiner Hütte. Die ist doch seit mindestens 200 Jahren nicht geputzt und aufgeräumt worden."

Tizianas Blick fiel auf den Küchentisch, auf dem Gläser, Tassen, Teller und Besteck herumlagen und -standen. Von ihnen ging ein eigenwilliger Geruch aus. Vielleicht stammte der von den Essensresten, die daran klebten. In einem Kinderwagen in der Ecke, dem die Räder fehlten, lagen ein paar Kleidungsstücke, die so schmutzig waren, dass nicht zu erkennen war, welche Farbe sie hatten.

Beim Blick auf ihr Bett wurde Tiziana klar, dass das Bettzeug seit schätzungsweise 120 Jahren nicht mehr gewaschen worden war.

Auf dem Boden der Hütte lagen eine Menge Gegenstände herum, die die kleine Hexe im Laufe der Jahrhunderte im Wald gefunden und mit in ihre Hütte geschleppt hatte, weil sie dachte, sie könne sie irgendwann einmal gebrauchen.

In der Ecke stapelten sich zwei abgefahrene Autoreifen, ein altes verrostetes Fahrrad, Säcke mit Kleidungsstücken, die ihr nicht gefielen oder nicht passten, ein Pappkarton mit leeren Cola-Dosen und ein fleckiges Gemälde mit einem röhrenden Hirsch darauf.

Verschnürte Pakete mit alten Zeitschriften (die Tiziana nie ausgepackt hatte, weil sie nicht lesen konnte) hatte sie aufgetürmt.

Ein Dreirad, dessen Klingel noch funktionierte, unzählige leere Flaschen und Papierchen von Süßigkeiten, die Tiziana sammelte, weil sie so lustig glitzerten, bedeckten den fleckigen Teppich.

Tiziana Fidelia Rigoletta Furiosa schlug nach den Fliegen, die ihr um den Kopf flogen und seufzte. Vielleicht hatte dieser krächzende Rabe ja recht. Es war hier sicher nicht leicht, etwas zu finden.

„Was soll ich denn machen, du superschlauer Rabe?"

Friedwart starrte an die Hüttendecke und rollte mit den Augen.

„Vielleicht solltest du einfach mal wieder aufräumen und saubermachen."

Tiziana glotzte den Raben an und fauchte: „Machst du Witze, ich habe doch gerade erst vor 200 Jahren aufgeräumt und geputzt! Meinst du, ich hätte einen Putzfimmel? Und was soll ich denn mit den Sachen machen, die hier rumstehen? Wieder in den Wald kippen? Da habe ich sie doch her!"

„Dann lass es den Heinz und seine Männer machen", sagte Friedwart.

„Ich brauche keine Heinzelmännchen, um hier Ordnung zu schaffen! Ich muss nur die Spinnenbeine finden, denn ich habe Hunger!", schrie Tiziana.

Friedwart schien es ratsam, vorerst nichts mehr zu sagen und pickte an einer halb leeren Chipstüte, die Tiziana heute Morgen erst gefunden hatte, worauf der restliche Inhalt auf den Boden rieselte.

In einem plötzlichen Wutanfall trampelte Tiziana auf den Chips herum, bis sie fast nur noch Pulver waren. Dabei schrie sie „Ha! So! Ha!"

Als sie sich ein wenig beruhigt hatte, ging sie vor dem Regal, in dem ihre Vorräte standen, auf und ab, nahm ein Glas mit Ameisenfrikassee heraus und suchte auf dem Tisch nach einem brauchbaren Löffel. Als sie keinen fand, zuckte sie mit den Schultern, tauchte ihre schmutzigen Finger in das Glas und leckte sie ab. Dann setzte sie sich in den Sessel, in dem eine blaue Tüte mit alten Tapetenresten das Sitzen ein wenig bequemer machte, schaute sich wieder in ihrer Hütte um, hielt plötzlich inne und zeigte mit einem Finger, von dem das Frikassee tropfte, auf den Raben.

„Ich hab's! Friedwart, wir räumen auf und machen sauber! Aber vorher bringen wir den ganzen Plunder hier den Menschen zurück. Denen gehört er ja. Vielleicht vermissen sie die Sachen schon und fragen sich, wo sie sie haben liegen lassen. Die sind bestimmt heilfroh, wenn wir sie ihnen wiederbringen."

„Da bin ich mir aber nicht so sicher, ob die Menschen sich freuen", krächzte Friedwart. „Außerdem, wie willst du herausfinden, wem das alles gehört?"

Tiziana kratzte sich die verfilzten Haare.

„Gute Frage, Friedwart, jedenfalls für einen Raben. Aber das können die Menschen ja regeln. Die kennen sich doch bestimmt untereinander gut genug, um zu wissen, wem was gehört."

Friedwart schaute stirnrunzelnd auf die Stapel von Zeitungen.

„Diese Hefte sind doch bestimmt schon Jahre alt. Wen interessiert denn noch, was da drinsteht?"

Tiziana schaute den Raben an: „Wieso? Die alte Hexe Riffraff hat Bücher, die sind schon mehrere tausend Jahre alt, und da schaut sie immer noch hinein!"

„Hexenbücher! Das ist doch was anderes!"

„Ja, vielleicht sind das Hexenbücher und -hefte von Menschen, die ganz verzweifelt sind, dass sie sie nicht mehr finden."

„Na, ich habe so meine Zweifel, dass das Hexenbücher sind. Aber woher sollen wir das wissen? Wir können sie ja nicht lesen."

„Eben! Also entscheiden das die Menschen selbst."

Tiziana schwang sich aus dem Sessel, stemmte die Hände in die Hüften und schlug auf die Tischplatte, dass das schmutzige Geschirr schepperte und der Rabe erschrocken mit den Flügeln schlug.

„Also los, Friedwart, fang an! Wir packen den ganzen Krempel zusammen und bringen ihn den Menschen."

Es dauerte dann doch noch den ganzen Vormittag, bis Tiziana der Hexenspruch eingefallen war, mit dem man den Hexenbesen belädt.

Als die kleine Hexe einen Probeflug unternahm, schlingerte der Besen hin und her, da er unter der Last schwerer zu steuern war. Mit Mühe landete sie wieder auf der kleinen Lichtung vor ihrer Hütte.

„Du fliegst, als wäre es das erste Mal", meinte Friedwart und schaute besorgt auf den überladenen Besen, auf dem immerhin Kinderwagen, Dreirad, Autoreifen, Zeitungen, Limonadendosen und Unmengen von großen Tüten mit alten Seilen festgezurrt waren.

„Am besten ist, du fliegst vorneweg und passt auf, dass ich nirgendwo gegenknalle. Dann machst du dich sogar ein bisschen nützlich."

Tiziana Fidelia Rigoletta Furiosa, die kleine Hexe, und Friedwart, der Rabe, machten sich also auf den Weg zu den Menschen.

Wie würde das sein, mit den Menschen zu reden? Und was würden sie wohl sagen, wenn man ihnen die ganzen Sachen zurückbrachte?

Das kleine Hexenherz schlug heftig gegen Tizianas Brust. Von Neugier getrieben, beschleunigte sie ihren Besen.

Kapitel 2

Ein neugieriges kleines Menschlein

Thomas zog lustlos die beiden Tüten hinter sich her. Ein feiner Nieselregen durchnässte seinen Pullover auf dem Weg zur Garage, wo die Mülltonnen standen. Er hasste seinen Mülldienst. Aber den Abfall in die Garage zu bringen, war immer noch besser, als die Spülmaschine auszuräumen. Damit war er erst morgen wieder dran. In solchen Situationen war er immer neidisch auf seinen Freund Karl. Der brauchte zu Hause nie Dienste zu erledigen. Aber Karl lebte auch nicht im Paradies, denn seine Mutter war furchtbar streng. Er musste sich morgens vor der Schule seine Brote selbst schmieren, man durfte beim Essen nicht reden, musste alles aufessen, auch wenn man fast würgen musste – das war Thomas einmal wirklich passiert, als er bei Karl über Mittag war und es Blumenkohl gegeben hatte – und wenn Karl nicht rechtzeitig vom Spielen draußen nach Hause kam, dann bekam er eine Woche Stubenarrest und Thomas konnte sich jemand anderen zum Spielen suchen.

Nein, besser er machte zähneknirschend seine Dienste und musste nicht ekelhaften Blumenkohl essen oder eine Woche in seinem Zimmer verbringen, nur weil er fünf Minuten später als verabredet nach Hause gekommen war.

Mit einem Schwung zog er das Garagentor auf. Während er mit einer Hand den grauen Mülltonnendeckel hochhob, schaute er in den Himmel, ob der Regen nicht endlich nachließ, denn er hatte sich heute mit Karl auf der Wiese zum Fußballspielen verabredet. Leider war kein helles Fleckchen am Himmel zu entdecken. Nur ein einsamer Rabe flog Kreise über ihrem Haus.

‚Wenn ich ein Rabe wäre, würde ich irgendwo ins Trockene flüchten und warten, bis der Regen vorbei ist', dachte Thomas.

Der Rabe krähte. Thomas schaute zu ihm auf und entdeckte weiter entfernt am Himmel noch etwas anderes. Was konnte das sein? Es war rundlich, aber auch irgendwie unförmig und konnte daher kein Flugzeug sein. Vielleicht ein Hubschrauber? Nein, man hätte das Geräusch der kreisenden Rotoren hören müssen. Was war das nur? Es kam näher. Ein bisschen sah es aus wie ein Schlitten. Vielleicht war es der Nikolaus. Aber was wollte der im Oktober hier? Und wenn es der Nikolaus war, fehlten an seinem Schlitten jedenfalls die Rentiere. Und außerdem glaubte er nicht mehr an den Nikolaus. Dafür war er schon zu groß.

Also was war es dann? Vielleicht ein Ufo mit Außerirdischen darin. Und er, Thomas Meister, war der erste Mensch, mit dem sie Kontakt aufnahmen. Bestimmt käme er dann ins Fernsehen. Oder die Außerirdischen nahmen ihn mit auf ihren Planeten und feierten ihn dort als neuen König ihres Volkes und er musste nie wieder Müll in die Garage bringen.

Plötzlich kam ihm ein Gedanke: Es konnten ja böse Außerirdische sein. Die gab es schließlich auch. Vielleicht wollten sie ihn mitnehmen und herausfinden, warum er immer Luft holte und hielten ihm die Nase zu ...

Inzwischen war das seltsame Ding am Himmel näher gekommen und er konnte Einzelheiten erkennen. Es war kein Hubschrauber und kein Nikolaus. Es war aber sicherlich auch kein Ufo. Es sah eher ein bisschen aus wie ein fliegender Müllhaufen. Er erkannte eine große Tüte, einen Kinderwagen, einen alten Besen und noch allerlei anderes ... Dazwischen saß oder kauerte eine riesengroße Puppe oder vielleicht ein Teddybär.

Für einen Moment wanderte sein Blick zurück zu dem Raben, der die ganze Zeit wie wild herumkrächzte, nun tatsächlich Kurs auf die Garage nahm und mit breiten Schwingen auf seinem Fahrrad neben der Mülltonne landete. Unwillkürlich trat Thomas einen Schritt zurück. Vielleicht wollte der Vogel nach ihm hacken.

Doch der Rabe breitete seine Flügel aus und begann gleichgültig mit dem Schnabel sein nasses Gefieder zu putzen.

Plötzlich krachte und schepperte es. Das Fahrrad fiel um. Der Rabe flog schreiend auf. Etwas riss ihn von den Beinen und er landete unsanft auf dem Garagenboden. Gleichzeitig schlug der Mülleimerdeckel mit einem lauten Rums zu.

Als er aufblickte, voller Angst, was ihn da überfallen hatte, sah Thomas, dass es der fliegende Mülleimer gewesen sein musste, der in der Garage gelandet – oder besser gesagt – abgestürzt war.

Um ihn herum lagen Berge von Zeitschriften, und einige Limonadendosen kullerten immer noch geräuschvoll über den Boden. Ein Besen und ein völlig kaputtes Dreirad lagen auf ihm. Es stank alles schrecklich nach Moder.

Da bewegte sich etwas mitten in dem Müll. Es war die Puppe, die er am Himmel gesehen hatte.

„Friedwart, was bist du nur für ein unfähiger Fluglotse!", sagte die Puppe. Der Rabe krächzte irgendetwas.

Daraufhin sagte die Puppe: „Kannst du dir nicht vorstellen, dass ich mit dem ganzen Gepäck eine größere Landebahn brauche als diese komische Hütte hier?"

Plötzlich starrte die Puppe Thomas an. Er konnte vor Angst kaum atmen. Die Puppe war selbstverständlich keine Puppe und auch kein Teddybär.

Aber was war es dann? Es konnte ein Mädchen sein. Immerhin hatte es lange Haare, die aber völlig verfilzt und struppig in alle Richtungen von seinem Kopf abstanden. Außerdem hatte es eine Stimme wie ein Mädchen und trug mehrere Lappen übereinander, die man mit viel Fantasie „Kleid" nennen konnte. Die dicke Schmutzschicht auf den Tüchern machte es unmöglich zu sagen, welche Farbe sie hatten. Das Mädchen mochte aus Afrika stammen, aber Thomas vermutete, dass die dunkle Haut ganz einfach Dreck war.

„Hallo!", sagte das Wesen. „Bist du ein Mensch?"

„J … ja", antwortete Thomas, und nachdem er seinen ganzen Mut zusammengenommen hatte: „Was sollte ich denn sonst sein?"

„Was du sonst sein solltest, fragst du? Ha!", und mit einem Blick auf den Raben: „Eigentlich kenne ich nur Raben, die blöde Fragen stellen. Aber ein Rabe bist du nicht."

„Ich bin ein Mensch!", sagte Thomas, dessen Angst aus unerklärlichen Gründen nachließ. „Aber wer bist du eigentlich?"

„Sieht man das nicht?", sagte das Wesen. „Ach, natürlich ... Ich komme so selten unter Menschen, da vergesse ich manchmal, dass mich nicht jeder kennt. Mein Name ist Tiziana Fidelia Rigoletta Furiosa."

„Wie?"

Tiziana erhob ihre Stimme: „Tiziana Fidelia Rigoletta Furiosa! Kannst du mich hören?!"

Thomas zuckte zurück und der Rabe, der sich auf der Mülltonne niedergelassen hatte, flog kurz auf.

„Ich bin nicht schwerhörig", sagte Thomas, „aber so einen Namen habe ich noch nie gehört."

„Ach", meinte Tiziana, „und wie heißt du, bitte schön?"

„Ich heiße Thomas."

„Thomas und wie weiter?"

„Thomas Meister."

„Das ist aber kein toller Name! Klingt langweilig."

„Erstens finde ich den Namen gut und zweitens habe ich mir den Namen ja nicht ausgesucht!"

Thomas war ein bisschen sauer über die Unfreundlichkeit dieses Mädchens.

„Wieso hast du dir den nicht selbst ausgesucht? Wer denn dann?"

„Na, meine Eltern! Was dachtest du? Von wem hast du denn deinen Namen?"

„Den habe ich mir selbst gegeben. Und was sind Eltern?"

Thomas traute seinen Ohren nicht. „Was soll das heißen? Du weißt nicht, was Eltern sind? Hast du denn keine Eltern?"

„Wenn ich Eltern hätte, würde ich dich nicht fragen, was das ist! Damit du es weißt, ich habe einen Raben, aber der gibt mir keinen Namen, dafür ist er zu dämlich. Im Gegenteil, ich musste ihm sogar einen Namen geben. Er heißt übrigens Friedwart. Friedwart, sag ‚Guten Tag'!"

Der Rabe reckte Thomas seinen Schnabel entgegen und krächzte zeternd.

„Was sagt er?"

„Was wird er wohl gesagt haben? Er hat natürlich ‚Guten Tag' gesagt. Was sonst?"

„Ja, was sonst", murmelte Thomas. Dann wandte er sich an den Raben und sagte: „Hallo!" Plötzlich entstand eine Pause. Thomas befreite sich von der Last des Unrats auf seinem Bauch und stand vorsichtig auf. Er hatte sich nicht verletzt.

„Mein Gott, wie sieht es hier nur aus?", entfuhr es ihm. Er ahnte schon, was seine Mutter sagen würde, wenn sie das Chaos in der Garage sah. Er brauchte gar nicht erst zu versuchen, ihr zu erklären, dass der Dreck von einem schmutzigen Mädchen stammte, das mit einem Raben in die Garage geflogen und hier verunglückt war. Thomas stutzte.

Mit großen Augen wandte er sich wieder an das Mädchen: „Sag mal, Tiziana, wenn ich es richtig mitbekommen habe, bist du durch die Luft geflogen, oder?"

„Sicher bin ich geflogen oder glaubst du, ich könnte den ganzen Weg von Zuhause hierher zu Fuß gehen mit den ganzen Sachen auf dem Rücken? Du bist ja vielleicht lustig!" Tiziana schlug sich vor Vergnügen auf die Schenkel.

Und zu dem Raben gewandt sagte sie: „Die Menschen sind irgendwie witzig, findest du nicht?!"

„Wieso? Bist du denn kein Mensch?"

„Nee!", sagte sie lachend. „Seh ich so aus?"

Das war eine gute Frage. Nein, wie ein Mensch sah sie nicht aus, eher wie eine lebendig gewordene Schlammpfütze. Aber wenn sie kein Mensch war, konnte sie eigentlich nur noch ein Tier sein. Und Tiere konnten nicht sprechen. ‚Oder doch?', dachte er mit einem Blick auf den Raben, der ein bisschen aussah, als ob er grinste. Blödsinn! Raben konnten nicht lächeln und erst recht nicht sprechen.

„Was bist du denn, wenn du kein Mensch bist, wenn ich mal fragen darf?"

„Natürlich darfst du fragen, du neugieriges kleines Menschlein. Aber schöner ist es doch, wenn du es errätst." Und zu dem Raben gewandt sagte sie: „Meinst du, er kommt drauf?"

Der Rabe ließ ein Krächzen los und Thomas fragte: „Was hat er gesagt?"

Im selben Moment kam er sich lächerlich vor, ein fremdes Mädchen in seiner Garage zu fragen, was ein Rabe gesagt haben sollte.

„Er meint, du seist wahrscheinlich ein bisschen zu blöde, um es herauszufinden." Dann lachte sie schallend.

„Der Rabe findet mich blöd?", fragte Thomas ungläubig und wurde wütend. „Willst du mich auf den Arm nehmen? Du denkst doch nicht, dass ich glaube, der krächzende Rabe könnte mit dir sprechen oder du mit ihm?" Jetzt lachte Thomas laut. „Und außerdem bist du auch nicht geflogen. Nur Vögel können fliegen und du kannst nicht fliegen, denn du hast keine Flügel. Aber du wirst sicher gleich behaupten, du wärst auf dem alten komischen Besen durch die Luft gesaust und vielleicht bist du ja eine böse kleine Hexe aus dem Wald." Bei dem Gedanken musste er losprusten, und während er sich den Bauch hielt, konnte er immer nur japsen: „... eine kleine Hexe aus dem Wald ... hahahaha!"

Thomas kam außer Atem. Immer wieder wurde er von Lachanfällen geschüttelt. Endlich beruhigte er sich wieder und schaute Tiziana an, während er sich die Tränen aus den Augen wischte.

„Donnerwetter, Friedwart, da hast du dich aber mächtig verschätzt! Unser Thomas ist sogar ein Superschlauer und du solltest dich jetzt bei ihm entschuldigen wegen deiner großen Klappe."

Der Rabe schaute Thomas an und krächzte wieder etwas. „Was hat er denn diesmal gesagt?" Thomas brach fast wieder in Lachen aus.

„Er hat gesagt, dass es ihm leidtut. Er hätte nie gedacht, dass du darauf kommen würdest."

„Worauf kommen würde?", fragte Thomas.

„Na, wer ich bin ..."

„Was? Ich versteh gar nichts mehr. Willst du jetzt behaupten, du wärst ein Vogel?"

„Nein, aber eine Hexe. Eine kleine Hexe. Allerdings keine böse!"

„Ja klar!", Thomas musste wieder glucksen. „Und ich bin Rumpelstilzchen!" Dann brach das Lachen wieder aus ihm heraus.

„Eben hast du gesagt, dein Name wäre Thomas Meister. Aber Rumpelstilzchen gefällt mir auch besser. Also Rumpelstilzchen, vielleicht reißt du dich jetzt mal zusammen mit deinem ewigen Gekicher und wir überlegen gemeinsam, wem all dieser Kram gehören könnte."

„Jetzt reicht es aber!", sagte Thomas wütend. „Du schleppst den ganzen Müll in unsere Garage und dann sagst du, wir sollten überlegen, wem er gehört? Ich will dir mal was sagen, Tiziana Fidelriegel – oder wie auch immer du heißen magst – du nimmst jetzt deinen ganzen Dreck hier, klemmst ihn auf deinen Besen und zischst durch die Lüfte u... und ... vergiss deine Krähe nicht!" Sein Gesicht war rot vor Wut.

„Es ist ein Rabe, keine Krähe!"

„Das ist mir egal!", brüllte Thomas und der Rabe flog schreiend auf.

„Sieh dir das an, Friedwart! Du bringst den Menschen ihre Sachen zurück und denkst, sie freuen sich und dann wirst du angeschrien und sollst abhauen. Ich glaube fast, das war keine gute Idee und du hattest recht! Aber vielleicht ist Rumpelstilzchen ja der Einzige, der seine Sachen nicht zurückhaben will, und wir sollten es mal woanders versuchen ..."

„Ich heiße Thomas Meister!", zischte der Junge.

„Sag uns, wenn du dich für einen Namen entschieden hast. Solange nenne ich dich lieber Menschlein. Deine Wutausbrüche passen jedenfalls besser zu Rumpelstilzchen!"

Der Rabe krächzte irgendetwas zu Tiziana und die wandte sich wieder an Thomas: „Friedwart fragt, ob du jemanden kennst, der Sachen im Wald verloren hat."

„In welchem Wald?"

„Na, im Hexenwald", antwortete Tiziana.

„Ach ja natürlich, im Hexenwald!" Thomas' Stimme klang ironisch: „Tja, lass mich überlegen. Ich glaube, ich habe meinen Besen mal dort vergessen ..."

Dann schaute er auf den Besen, der immer noch am Boden lag, als entdecke er ihn erst jetzt und sagte: „Hach, schau an, das könnte er gewesen sein ..."

Er nahm den Besen in die Hand, betrachtete ihn von allen Seiten und nickte schließlich: „Ja, ich glaube, das ist er!"

Während er die Worte sprach, hockte er sich über den Besen, so als wolle er damit fliegen. Mit einem Grinsen drückte er ihn plötzlich Tiziana in die Hand und sagte: „Aber du kannst ihn wiederhaben, er tut's nicht mehr." Dann prustete er wieder los.

„Nee, Meister Rumpelthomas, das ist meiner und da kann kein anderer drauf fliegen, wenn ich es nicht will." Ohne ein weiteres Wort schwang sie sich auf den Besen und schwebte sanft aus der Garage über den Vorgarten. Dort drehte sie eine elegante Schleife, kehrte um und landete vor dem erstaunten Thomas wieder auf dem Garagenboden.

„Ohne Gepäck fliegt es sich doch angenehmer", sagte sie zu Friedwart und stieg ab. Dann hielt sie Thomas den Besen hin und sagte: „Wenn ich den Zauberspruch sage, könntest du auch mal damit fliegen. Willst du?"

Völlig verdattert nahm Thomas den Besen an und sagte: „Nein! Auf keinen Fall!" Dann ließ er sich langsam an der Mülltonnenwand auf den Boden gleiten, starrte Tiziana an und hielt ihr den Besen hin.

„Du bist eine echte Hexe?" Er schüttelte den Kopf.

Tiziana griff hastig nach dem Besen und sagte: „Pass auf, Friedwart und ich haben zu tun! Wenn du nichts im Wald verloren hast, dann müssen wir weiter. Du siehst ja, was wir noch alles zu verteilen haben."

Sie schaute sich in der Garage um und murmelte:

Hundemist und Gänsebein,
alles soll wie vorher sein.

Im gleichen Moment waren alle Sachen, die in der Garage verstreut herumgelegen hatten, wieder auf dem Besen festgezurrt.

Sie schwang sich darauf, drehte sich zu dem sprachlosen Thomas um und sagte, während der Besen langsam vom Boden abhob: „Es war nett, dich kennengelernt zu haben, Thomas Meisterstilzchen! Vielleicht sehen wir uns ja mal wieder. Du bist schließlich der erste Mensch, mit dem ich gesprochen habe. Und ehrlich gesagt, ich hatte es mir schlimmer vorgestellt."

Thomas richtete sich langsam auf und glotzte Tiziana und dem Raben hinterher. Sie winkte und er winkte wie ein Roboter zurück.

Plötzlich hörte er eine Stimme vom Haus: „Thomas, was ist los? Wo bleibst du? Bist du in der Garage eingeschlafen?" Es war seine Mutter.

„Nein, Mama! Hier ist alles in Ordnung!"

Aber wenn er es genau bedachte, war gar nichts in Ordnung. Er hatte gerade eine echte Hexe gesehen, die auf einem Besen fliegen und zaubern konnte. Und jetzt war sie weg und er wusste nicht, ob er sie je wiedersehen würde.

Kapitel 3

Ein Haus voller
Klamotten

Der Regen hatte aufgehört und der Wind trocknete Tizianas Kleider. Der Rabe flog dicht bei ihr und beide berieten, was sie nun tun sollten.

„Unser erster Versuch, die Sachen zurückzugeben, war aber eine ziemliche Schlappe, Friedwart."

Der Rabe nickte: „Na gut, Thomas hatte ja auch nichts im Wald verloren. Er wusste ja noch nicht einmal, wo der Hexenwald war. Warum sollte er also die Sachen an sich nehmen?"

„Das ist mal wieder sehr schlau überlegt, Friedwart."

„Wir müssen genauer wissen, wer welche Sachen im Wald verloren hat", krächzte er. „Die Sachen gehören sicherlich nicht nur einem Menschen, sondern ganz vielen verschiedenen. Und die kennen sich vielleicht gar nicht untereinander."

Tiziana warf einen Blick auf all die Dinge, die vor ihr auf dem Besen klemmten und seufzte. Beim Flug über die vielen Häuser hatte sie doch begriffen, dass es wohl weitaus mehr Menschen außerhalb des Hexenwaldes gab, als sie gedacht hatte.

Friedwart war inzwischen wieder zu einem seiner zahlreichen Erkundungsflüge durchgestartet. Tiziana dachte an Thomas. Eigentlich ein ganz netter Mensch. Er konnte herzhaft lachen. Er war nicht sehr frech und er hatte auch nichts gegen Hexen. Plötzlich wurde ihr klar, dass sie schon sehr lange alleine lebte – einmal von Friedwart abgesehen – sie schätzte etwa 320 Jahre ...

„Ich hab was entdeckt!", krächzte Friedwart und riss sie aus ihren Gedanken.

Er setzte sich vorne auf den Besen mit dem Gesicht zu Tiziana.

„Friedwart, zieh den Schnabel ein, ich kann nicht sehen, wo ich hinfliege!"

„Da ist ein Haus, in dem ganz viele Menschen herumlaufen. Und sie wühlen in Kisten und an Ständern mit Kleidungsstücken herum. Es sieht fast so aus, als suchten sie etwas!"

„Du meinst: Vielleicht suchen sie die Sachen, die wir haben?"

„Könnte doch sein, oder?"

„Wer weiß! Aber schauen wir nach! Zeig mir den Weg!"

Sie flogen nun über eine Gegend, in der ein Haus neben dem anderen stand. Einige waren so hoch wie fünf von Tizianas Hütten übereinandergestapelt. Alle hatten flache Dächer. Zwischen den Häusern liefen Menschen herum.

,Hexenschlamm und Bibermist, was gibt es viele Menschen!', dachte Tiziana.

Außerdem waren da diese Dosen auf Rädern. Sie brummten wie wilde Bären, sahen aus wie riesengroße Kinderwagen, brachten die Menschen von einem Ort zum anderen – wenn auch nicht so schnell wie ein Hexenbesen – und stanken wie vermoderter Fuchspelz.

„Hier ist es!", riss Friedwart sie aus ihren Beobachtungen. Sie landeten auf einem der hohen Häuser. Obwohl so viele Menschen unterwegs waren, hatte sie keiner entdeckt. Niemand schaute in den Himmel. Im Gegenteil, dachte Tiziana. Viele Menschen schienen angestrengt auf den Boden zu blicken. Vielleicht suchten sie dort ja nach den verlorengegangenen Sachen.

Tiziana stieg von ihrem Besen und streckte sich, schaute sich um und entdeckte eine große Luke.

„Vielleicht ist das der Eingang."

Sie zogen gemeinsam an einem Griff, doch die schwere metallene Tür ließ sich nicht bewegen.

Tiziana kratzte sich am Kopf. „Seltsame Türen haben die Menschen, die sich gar nicht öffnen lassen." Sie richtete sich auf und sagte:

Fliegenschiss und Wespenstich,
höre, Luke, öffne dich.

Die Luke schwang auf und sie blickten von oben in das riesige Haus. Wie Friedwart berichtet hatte, befanden sich Berge von Sachen in Regalen, in denen Menschen herumwühlten.

In den Regalen konnten sie Pullover, Hosen und andere Kleidungsstücke erkennen.

In großen offenen Schränken hingen Jacken und Mäntel. Tiziana fiel auf, dass manchmal mehrere gleich aussehende Kleidungsstücke nebeneinanderhingen. „Schau nur Friedwart, die haben die ganzen Klamotten sortiert."

Sie beobachteten, dass die Leute die Sachen auch anprobierten und manchmal wieder zurückhängten.

„Ich verstehe", sagte die kleine Hexe. „Sie probieren sie an, um sicher zu sein, dass sie auch wirklich ihre Jacke gefunden haben. Wo die sich alle so ähnlich sind, ist es ja auch schwer, seine eigene Jacke zu finden."

Im Laufe ihrer Beobachtung fiel ihnen auf, dass die Menschen, wenn sie ihre Sachen gefunden hatten, zu einem Tisch gingen und dort die Kleidungsstücke ablegten.

„Warum geben sie sie wieder ab?", fragte Friedwart erstaunt.

„Woher soll ich das wissen?!", fragte Tiziana und beobachtete nun, dass die Menschen kleine Zettel aus ihren Taschen zogen und sie auf den Tisch legten.

Daraufhin nahm ein Mensch hinter dem Tisch die kleinen Zettel an sich, gab zuweilen auch andere kleine Zettel oder kleine Metallscheibchen zurück, packte die Kleidungsstücke in Tüten und händigte sie den Menschen vor dem Tisch aus. Die verließen daraufhin den Tisch.

„Was kann das bedeuten, Tiziana?", fragte Friedwart ratlos.

Tiziana zuckte mit den Schultern. „Das kann uns egal sein. Aber ich glaube, hier sind wir richtig." Sie nahm die Tüten mit den Kleidungsstücken vom Besen herunter.

„Wenn sich die Menschen solche Mühe machen, die gefundenen Sachen zu sortieren, dann müssen wir das auch tun. Hier geben

24

wir nur die Klamotten ab. Was wir mit den anderen Sachen machen, entscheiden wir später."

Tiziana zwängte sich mit den Tüten auf dem Rücken durch die Luke und Friedwart flatterte seufzend hinterdrein. Er hatte ein mulmiges Gefühl.

Tiziana kletterte eine Leiter hinab und sie standen plötzlich mitten in dem großen Raum. Irgendwo machten Leute Musik, aber man konnte nicht sehen, wer. Die Musik kam aus kleinen Kästchen, die überall an den Decken hingen.

,Kaum zu glauben, dass da welche drinstecken, die Musik machen. Aber vielleicht sind es Zwerge', dachte Tiziana.

Weiter kam sie nicht mit ihren Überlegungen, da ein Mann sich ihr in den Weg stellte und sie ansprach. „Kann ich dir helfen?", fragte er, beäugte sie dabei von oben bis unten und rümpfte die Nase.

„Das ist nett von Ihnen", antwortete Tiziana freundlich. „Ich bringe noch ein paar Sachen zum Anziehen. Es sind Hosen, zwei Jacken und ziemlich viele Hemden und Pullover." Während sie das sagte, schüttete sie den Inhalt der Tüten vor dem Mann auf den Boden. „Ich kann sie auch schnell mit Friedwart in die Regale legen, wenn Sie wollen."

Der Mann hatte hastig einen Schritt zurückgemacht, damit die übelriechenden und verdreckten Kleidungsstücke nicht auf seinen sauberen Schuhen landeten. „Was ... was machst du da?", schrie er entsetzt. Inzwischen standen mehrere Leute um Tiziana, Friedwart und den Mann herum.

Tiziana wandte sich an die Umstehenden: „Sie können ruhig hier ein bisschen herumsuchen."

Dabei hob sie eine Jeanshose auf, die voller Ölflecken war und im Knie einen Riss hatte.

„Gehört die jemandem von Ihnen?" Die Leute wichen zurück.

„Bist du wahnsinnig! Nimm das Zeug hier weg und verschwinde, sonst hole ich die Polizei!" Der Mann klang überhaupt nicht mehr freundlich.

„Die Polizei?", fragte Tiziana interessiert. „Trägt die solche Hosen? Na gut! Was denkst du, Friedwart, sollen wir auf die Polizei warten?"

„Mama, die stinkt!", sagte ein Junge in der vorderen Reihe zu seiner Mutter. „Die sieht aus wie eine Hexe."

Tiziana lächelte den Jungen an: „Hey, wie hast du mich so schnell erkannt? Ich heiße Tiziana Fidelia Rigoletta Furiosa. Wie heißt du denn?" Sie streckte dem Jungen die Hand hin.

Die Mutter riss ihren Sohn zurück und schrie: „Rühr meinen Sohn nicht an!" Und an den Mann gewandt: „Seit wann dürfen solche heruntergekommenen Kreaturen in ihr Geschäft?"

„Nun verschwinde endlich!", sagte der Mann scharf zu Tiziana. „Und nimm das Zeug hier weg, bevor alles schmutzig wird! Wir sind ein sauberes Geschäft!"

„Das stimmt! Ist mir auch schon aufgefallen!", sagte Tiziana und schaute sich um. „War ganz schön viel Arbeit, was? Mir steht das alles noch bevor! Aber zuerst muss ich die Sachen zurückgeben, damit ich Platz in meiner Hütte habe, wenn ich putze."

„Du sollst verschwinden, habe ich gesagt!", brüllte der Mann nun noch lauter und versuchte, Tiziana am Arm zu packen.

Im gleichen Moment stieß Friedwart nach vorne und hackte dem Mann so fest er konnte in die Hand. Der jaulte auf und zog die Hand zurück.

„Friedwart!", entsetzte sich Tiziana. „Das war aber unfreundlich von dir!"

„Ich glaube, wir sollten verschwinden", sagte der Rabe. „Das scheint hier doch nicht die richtige Stelle zu sein, um gefundene Sachen abzuliefern. Ich habe auch das Gefühl, wenn wir uns nicht bald aus dem Staub machen, kriegen wir unnötigen Ärger."

„Schau, Mama! Das Mädchen spricht mit dem Raben!"

„Papperlapapp!", herrschte die Mutter ihren Sohn an. „Komm, wir gehen, bevor der Rabe uns auch noch angreift!"

„So, die Polizei ist unterwegs", sagte nun ein anderer Mann. „Die kann das Mädchen zu ihren Eltern bringen."

„Ich hab doch schon dem Thomas gesagt, dass ich keine Eltern habe!", stöhnte Tiziana.

„Hast du das gehört, Mama? Das arme Mädchen!"

„Bist du aus dem Waisenhaus abgehauen?", fragte nun der erste Mann.

„Waisenhaus?", fragte Tiziana neugierig, „Was ist das? Ich komme aus einem Waldhaus, aber eigentlich ist es eher eine Waldhütte."

Plötzlich öffnete sich die Menge und machte zwei Männern Platz, die beide gleich angezogen waren. Sie hatten ein Käppi auf und an der Hose baumelten allerlei Sachen in Ledertäschchen.

„Endlich, die Polizei!", sagte einer in der Menge.

„Ach, dann gehören Ihnen die Sachen hier?", fragte Tiziana die beiden Polizisten und hielt ihnen die schmutzige Jeans hin.

„Was ist denn hier los?", fragte einer der Polizisten.

„Das Mädchen hat gar keine Eltern", sagte der kleine Junge zu den Polizisten.

„Sei nicht so vorlaut!", schimpfte die Mutter und gab ihm einen Klaps mit der Hand auf den Kopf.

„Wie heißt du denn, mein Kind?", fragte der eine Polizist freundlich.

„Ich heiße Tiziana Fidelia Rigoletta Furiosa und ich bin nicht Ihr Kind!" Dann zeigte sie auf den Raben und ergänzte: „Und das ist Friedwart."

„Seien Sie vorsichtig, das Vieh ist gefährlich!", sagte der Mann, den Friedwart in die Hand gehackt hatte.

„Aha", sagte der Polizist und ließ sich von den ganzen Bemerkungen nicht durcheinanderbringen. „Du begleitest uns jetzt und dann klären wir alles. Sind die Sachen von dir?" Dabei zeigte er auf den Berg von Kleidungsstücken, die Tiziana ausgeschüttet hatte.

„Von mir? Nee! Deshalb bin ich ja hier! Ich wollte sie zurückgeben."

„Mein Gott, die sind also alle geklaut!", sagte einer aus der Menge.

„So was gehört ins Gefängnis!", rief ein anderer.

„Ins Gefängnis gehört das?", fragte Tiziana nach. „Warum hat mir das nicht gleich jemand gesagt? Wenn Sie wissen, wo das Gefängnis ist, können Sie dann nicht die Sachen mitnehmen?"

Der Polizist hob die Augenbrauen und wandte sich an die Umstehenden: „Hier kommt niemand ins Gefängnis. Sie können jetzt alle weitergehen. Wir regeln das schon." Zögernd gingen einige nun weiter.

„Und du kommst jetzt mal mit!", sagte der andere Polizist zu Tiziana.

„Und was ist mit Friedwart?", fragte Tiziana.

„Wer ist Friedwart?"

„Na, mein Rabe!"

„Das ist dein Rabe?", fragte der andere und starrte erstaunt auf den Vogel.

„Lass uns verschwinden!", raunte Friedwart sehr eindringlich, weil es ihm gar nicht gefiel, dass sich die Polizisten nun für ihn interessierten.

„Wir müssen jetzt gehen!", erklärte Tiziana dem Polizisten. „Friedwart wird ungeduldig und wir haben schon sehr viel Zeit verloren. Bis wir alles zurückgebracht haben, kann ja noch Zeit vergehen. Und bisher sind wir noch gar nichts losgeworden."

„Moment, Moment!", sagte der eine Polizist. „So geht das nicht. Wir müssen erst mal feststellen, wo du wohnst!"

„Wo ich wohne? Wollen Sie mich mal im Wald besuchen?", fragte Tiziana interessiert.

„Später! Na, nun komm! Wir bringen dich jetzt nach Hause!"

„Also doch in den Wald! Sie wissen auch nicht so richtig, was Sie wollen, hm?!"

„Bitte lass uns endlich abhauen!", krächzte Friedwart flehentlich.

„Tja, tut mir leid, liebe Polizisten! Aber Friedwart hat recht, wir müssen weiter. Dann gehen wir heute eben nicht ins Gefängnis."

Vor den erstaunten Blicken der Polizisten hob Tiziana Fidelia Rigoletta Furiosa ihre Arme und sprach:

Käfersaft und Ottercreme,
es ist, als wäre nichts gescheh'n.

Im gleichen Moment standen sie wieder auf dem Dach des Hauses und schauten durch die Luke, unter der sich zwei verdatterte Polizisten hektisch umschauten.

„Friedwart, ich frage mich, ob wir je herausfinden werden, wem diese Sachen gehören. Aber jetzt bin ich müde. Ich will schlafen. Morgen ist auch noch ein Tag."

„Suchen wir uns ein Plätzchen weit ab von den Menschen", sagte Friedwart.

Sie nahmen Schwung und flogen davon. Keiner bemerkte sie. Die Menschen schauten alle wieder auf den Boden. Sie waren offensichtlich so damit beschäftigt, ihre Sachen wiederzufinden, dass sie auch jetzt nicht einen völlig überladenen Besen und einen Raben am Himmel über ihrer Stadt bemerkten.

Kurze Zeit später entdeckten sie einen schönen Garten in der Menschenstadt und machten es sich auf einem der Bäume gemütlich. Tiziana gähnte und rollte sich zusammen. Sie sehnte sich nach ihrer kleinen Hütte in ihrem geliebten Wald. Mit den Menschen zu reden, war so anstrengend.

Dann fiel ihr die Bemerkung des kleinen Jungen wieder ein. „Friedwart, weißt du noch, was der Junge gesagt hat, in dem Haus?"

„Hm", antwortete er schläfrig, „er hat gesagt, du stinkst."

„Und was meint er damit?"

„Was weiß ich?", antwortete Friedwart und gähnte.

Dann schliefen sie beide ein.

Kapitel 4

Kinderkram

Thomas kam zu spät zur Verabredung mit Karl.
„Mensch, wo bleibst du denn so lange?"
„Ich musste noch Müll wegbringen."
„Du immer mit deinen Diensten."
„Grins nicht so blöd!", sagte Thomas unfreundlich. „Lass uns lieber Fußball spielen."
Sie zogen ihre Jacken aus, benutzten sie als Torpfosten und trainierten Elfmeter. Thomas hielt keinen einzigen Ball.
„Wir wechseln!", meinte Karl genervt und stellte sich zwischen die Jacken.
Auf dem Weg zum Elfmeterpunkt starrte Thomas zum unzähligsten Mal in den Himmel. Dabei trat er auf den Ball und landete im Gras.
„Was glotzt du dauernd in den Himmel? Suchst du den Ball? Da standst du gerade drauf!" Karl kicherte.
„Witzig!"
„Ey, was ist? Hast du keinen Bock auf Fußball?"
„Heute ist nicht mein Tag, glaube ich", meinte Thomas und setzte sich hin. Karl hockte sich daneben.
„Wenn du noch lange da sitzen bleibst, hast du einen nassen Hintern."
Thomas stand auf und fühlte an seiner Hose.
„Sieht aus, als hättest du in die Hose gemacht!" Karl musste wieder lachen. Als er das Gesicht seines Freundes sah, wurde er schnell wieder ernst.
„Was ist los mit dir?", fragte er.
„Ach, ich weiß nicht. Ich will nicht darüber sprechen."
„Was denn nun? Du weißt es nicht oder du willst es mir nicht sagen?" Karl verzog das Gesicht.

„Karl, sag mal ehrlich, glaubst du, dass es Zauberer und Hexen und so was wirklich gibt?"

„Bist du bescheuert? Vielleicht gibt es den Osterhasen, aber bestimmt keine Zauberer!" Karl grinste schon wieder.

„Jetzt hör mal auf mit dem Quatsch! Was macht dich so sicher, dass es zum Beispiel keine Hexen gibt?"

„Mensch Thomas, das ist Kinderkram! Jeder weiß, dass es keine Hexen gibt, die einen verzaubern und auf dem Besen durch die Luft fliegen. Das sind Märchen für kleine Kinder." Und nach einer Pause: „Was fragst du überhaupt so komische Sachen?"

„Du kannst aber nicht sicher sein, dass es keine Hexen gibt!"

„Thomas, du hast einen Knall! Hexen gibt es nur in Märchen. Und die Märchen haben sich Menschen ausgedacht. Hast du je von einem Menschen gehört, der einer Hexe begegnet wäre?"

Karl klopfte Thomas auf die Schulter.

„Na, und wenn dir einer erzählen würde, dass er eine Hexe getroffen hat, was würdest du dann sagen?"

Karl machte große Augen.

„Was ich dann sagen würde? Mmh!" Karl kratzte sich am Kinn.

„‚Pass auf, dass sie dir keine Elefantenfüße hext!' oder ‚Kann sie vielleicht eine Hausaufgabenmaschine für mich hexen?' oder …"

„Jetzt mal im Ernst, Karl!"

„Im Ernst? Im Ernst würde ich sagen: ‚Hast du einen Knall? Geh mal zum Arzt!'"

Thomas stand auf und rollte den Ball mit dem Fuß hin und her.

„Spielen wir noch was?"

Karls Gesicht hellte sich auf: „Das klingt schon besser!"

Thomas riss sich zusammen und bemühte sich, nicht mehr in den Himmel zu schauen.

Kapitel 5
Tag und Nacht
auf einem Hut

allo, junges Fräulein! Es gibt aber bequemere Plätze in meinem Garten, um sich auszuruhen!"
Tiziana schlug ihre Augen auf. Wer sprach da? Sie brauchte einen Moment, bis sie wieder wusste, wo sie war. Dann erinnerte sie sich und schaute nach unten durch die Zweige, wo sie die Stimme gehört hatte.

Am Fuße des Baumes stand eine alte Frau.

Zuerst konnte sie kaum das Gesicht erkennen, da sie einen pink-farbenen Hut trug, dessen Krempe schätzungsweise so groß war wie Friedwart mit ausgestreckten Flügeln. Auf der Krempe erkannte sie zwei Ratten, die zwischen bunten Blumen hin und her rannten.

Die alte Frau trug außerdem ein knallrotes langes Kleid mit großen gelben Farbtupfern, um den Hals mehrere Ketten – eine davon mochte aus Haifischzähnen bestehen – einen Umhang aus glitzerndem Stoff, auf dem seltsame Zeichen eingenäht waren und an den Füßen schwarze, glänzende Stiefel mit schneeweißem Fell. Als die alte Frau nach oben schaute, blickte Tiziana in zwei freundliche Augen. Die alte Dame lächelte.

„Das ist Ihr Garten?", fragte Tiziana, nur um etwas zu sagen.

„Entschuldigung! Wir sind auch gleich wieder weg. Aber gestern waren wir so müde, dass wir nicht mehr weiterkonnten."

„Aha, und wer ist ‚wir'?"

„Ach ja! Darf ich vorstellen? Friedwart, mein Rabe. Und mein Name ist Tiziana Fidelia Rigoletta Furiosa."

„Ich heiße Eulilie Kandelaber Zuckerstange. Aber man nennt mich eigentlich nur die *Olle Lilli*. Auf meinem Hut siehst du Tag und Nacht, meine beiden Rattenfreunde."

„Tag und Nacht?"

„Die heißen so, weil sie mich Tag und Nacht nerven und weil die eine grau ist wie die Tage hier und die andere schwarz wie die Nacht. Aber ehrlich gesagt würde ich es begrüßen, wenn du nun einmal herunterkämest von dem Baum. Ich glaube, ich bekomme sonst noch eine Genickstarre."

Vorsichtig kletterte Tiziana hinab. Den Besen mit all den Sachen ließ sie verborgen im Astwerk zurück. Sie fühlte sich noch zu müde, um der alten Dame zu erklären, was es mit dem Gepäck auf sich hatte. Unten angekommen setzte sich Friedwart auf ihre Schulter.

„Komm Tiziana, gehen wir ins Haus. Die Herbstmorgen sind doch schon recht frisch und ich will mir meine alten Knochen nicht verkühlen", sagte die alte Dame.

Sie stapfte, ohne eine Antwort abzuwarten, in Richtung des kleinen Häuschens, das Tiziana und Friedwart in der Nacht gar nicht bemerkt hatten. Es war aus Holz gebaut, nicht aus Steinen wie die meisten Menschenhäuser, hatte kleine Fensterchen, vor denen Blumenkästen mit leuchtend bunten Blumen angebracht waren. Das Dach war mit knallroten Ziegeln bedeckt und hinter dem First ragte ein blechernes Kaminrohr hervor.

Die Olle Lilli öffnete die quietschende Türe und die Gerüche, die Tiziana entgegenschlugen, erinnerten sie irgendwie an ihr Zuhause im Wald. Nur war es hier viel gemütlicher als in ihrer eigenen Hütte. Nirgendwo standen Tüten oder alte Fahrräder herum, sondern alles hatte seinen Platz. Kein Krümel Staub oder Erde war auf dem Boden zu entdecken. Stattdessen lagen überall flauschige Teppiche.

Wuchtige Sessel an einem offenen Kamin, in dem ein Feuer prasselte und für Wärme sorgte, standen um einen Tisch mit einer geblümten Decke darauf und luden zum Hinsetzen ein. Gläser voller verschiedenfarbiger Flüssigkeiten füllten die Regale an den Wänden. Licht spendeten Kerzen, die auf Tischen in Ständern steckten. Ein riesiger brennender Kronleuchter mit Kerzen hing in der Mitte des kleinen Raumes.

Tiziana blickte sich mit offenem Mund um. „Friedwart, wenn ich meine Hütte sauber habe, dann soll sie so aussehen wie diese hier."

Doch Friedwart hatte keinen Blick für die gemütliche kleine Hütte, sondern starrte angestrengt auf eine Stange, die aus der Wand ragte und auf der eine mächtige Eule saß. Die Eule schaute leicht gelangweilt zurück.

„Ach, das ist eine weitere Mitbewohnerin dieser Hütte, sie heißt Umbra", sagte die Olle Lilli. „Umbra, bitte sag unseren Gästen ‚Guten Tag'."

„Hallöchen!", sagte die Eule mit wohltönender tiefer Stimme und öffnete dabei eines ihrer Augen ganz, was den Eindruck erweckte, sie zwinkere Friedwart zu. Friedwart grüßte krächzend zurück und blickte weiter beunruhigt auf den großen Raubvogel.

„Du brauchst keine Angst zu haben, Friedwart. Umbra ernährt sich nur von Insekten, die ich ihr zu Püree verarbeite und mit Honig anrühre. Sie ist ein bisschen verwöhnt. Zum Selberjagen ist sie inzwischen zu faul."

Friedwart war anzumerken, dass ihn das nicht sonderlich beruhigte.

„Du musst dich ja nicht gleich neben sie setzen", ergänzte Tiziana.

„Das hatte ich auch nicht vor", bemerkte Friedwart schnabelknirschend.

Die Olle Lilli wandte sich an Tiziana: „Was hältst du von einer heißen Tasse Baumrindentee? Ich habe gerade eine Kanne frisch aufgebrüht."

„Ja, gerne", sagte Tiziana. Sie nahm die angebotene Tasse. Plötzlich drehte sie sich zu der Ollen Lilli um und sagte: „Du bist der erste Mensch, den ich treffe, der mit Tieren reden kann."

„Wer hat denn gesagt, dass ich ein Mensch bin?", sagte die Olle Lilli und lächelte.

„Was bist du denn dann?", fragte Tiziana erstaunt.

„Na, eine Hexe, genau wie du."

Tiziana glotzte überrascht. „Eine Hexe? Bei den Menschen?" Die Olle Lilli nickte nur.

„Wieso?", fragte Tiziana ungeduldig.

„Ach, das ist eine lange Geschichte ..."

„Ich liebe Geschichten. Bitte erzähle doch!"

Die Olle Lilli setzte sich lächelnd in einen der großen Sessel vor den Kamin. Lange schaute sie in das prasselnde Feuer. Dann begann sie zu erzählen:

„Es ist noch gar nicht so lange her, so etwa 120 Jahre, da lebte ich in einem Hexenwald, genau wie du. Ich braute täglich meinen Hexentrank, zauberte vor mich hin, redete mit den Tieren, sammelte Kräuter und Pilze und freute mich meines Lebens. Abends unternahm ich Flüge auf meinem Besen durch den geliebten Wald. Einmal im Jahr flog ich zur Walpurgisnacht, wo ich mich mit anderen Hexen über die neuesten Zauberrezepte austauschen konnte. Die restliche Zeit reichten mir die Tiere zur Gesellschaft. So hätte ich es noch Hunderte von Jahren aushalten können, wenn nicht eines Tages ... tja, eines Tages etwas sehr Ungewöhnliches in meinem Hexenwald passiert wäre."

Die Olle Lilli stand auf und legte ein neues Holzscheit in den Kamin. Tiziana beobachtete, wie es nach einer Weile Feuer fing und aufloderte. Dann fuhr sie fort: „Eines schönen Tages im Herbst, ich saß vor dem Kamin in meiner Hütte – so wie wir jetzt – trank eine Tasse Baumrindentee oder Stinkwurzeltee, ich weiß es nicht mehr so genau, da höre ich Stimmen vor meiner Hütte. Zuerst denke ich, es ist der Wind, der ja bekanntlich im Herbst sehr heftig an den Fensterläden rütteln kann. Ich hebe meine alten Knochen aus dem Sessel, stelle die Tasse ab und schaue aus dem Fenster. Und was sehe ich da? Zwei Kinder, Menschenkinder, um es genau zu sagen, mit Lumpen bekleidet, zitternd vor Kälte und, wie ich vermutete, hungrig.

Ich öffnete die Türe und trat ihnen entgegen. Sie schraken zurück. Der Anblick einer Hexe ist ja für die meisten Kinder etwas Unheimliches. Na ja ... Zuerst fragte ich einmal nach ihren Namen. Das Mädchen antwortete: ‚Ich bin die Grete und', dabei wies sie auf den Jungen, ‚das ist mein Bruder Hans. Wir haben uns verlaufen.' ‚Na ihr zwei, da kommt einmal herein, um euch an meinem Feuer aufzuwärmen!', entgegnete ich. Sie folgten auch eilig meiner Einladung. Ich wickelte sie in Decken und setzte sie an den Kamin.

Fieberhaft überlegte ich, was ich ihnen zu essen anbieten konnte. Das, was eine Hexe so im Haus hat, schmeckt ja bekanntlich keinem Menschen. So brauchte ich meinen Würmereintopf erst gar nicht anzubieten. Auch die Reste von meiner Froschaugensuppe waren sicher nicht das Richtige. Also bat ich sie um etwas Geduld und suchte nach meinen alten Kochbüchern, in denen auch Rezepte für Brot und andere Dinge standen. In großer Eile buk ich ihnen einen Laib Brot, den ich ihnen noch ofenwarm anbot.

Sie aßen mit Heißhunger. Danach bekamen sie Bauchweh und ich packte sie in mein Bett. Ich selbst legte mich vor den Kamin auf das Sofa und dachte lange nach: Was sollte ich mit den Kindern anfangen? Wo waren ihre Eltern? Alle Menschenkinder haben Eltern, das wusste ich. Sobald sie wach waren, musste ich sie fragen, wo sie wohnten und sie nach Hause bringen. Sicher machten sich ihre Eltern schon große Sorgen um sie ..."

„Was sind Eltern?", unterbrach Tiziana die Olle Lilli, weil sie sich an das Gespräch mit Thomas erinnerte.

„Eltern? Na ja, um es kurz zu machen, ohne Eltern, die ihnen zu essen geben und sie ständig an- und ausziehen, wären kleine Menschenkinder nicht in der Lage, mit dem Leben fertigzuwerden."

Die Olle Lilli lächelte vor sich hin und fuhr dann fort mit ihrer Erzählung: „Am nächsten Morgen hörte ich ihre Geschichte und die klang wirklich traurig. Die Eltern waren furchtbar arm, erzählte der Junge, und eines Tages hatten die Eltern sie in den Wald geschickt, in der Hoffnung, sie würden nicht mehr herausfinden, damit sie das bisschen Essen, das sie noch hatten, nicht mehr mit den Kindern teilen mussten.

Ist das nicht schrecklich, Tiziana? Nur wegen etwas Hunger lässt man kleine Kinder im finsteren Wald allein. Was sind die Menschen nur für herzlose Wesen? Na ja ...

Ich fragte die Kinder, was sie sich nun vorstellten, wie es weitergehen sollte.

Und da antworteten sie tatsächlich: ‚Wir würden am liebsten bei dir bleiben.'

‚Na, das geht schon mal gar nicht!', habe ich geantwortet. ‚Zwei Menschen, die bei einer Hexe leben. Wo hat man je gehört, dass das gut ging?'

Da fingen sie an zu weinen. Sie wollten nicht nach Hause gehen. Ihre Eltern seien gemein. Also, Tiziana, ich kann dir sagen, wenn Menschenkinder weinen, dann wird das Hexenherz weich wie Schneckengelee.

Sie krallten sich an meiner Schürze fest und bettelten: ‚Bitte lass uns bei dir bleiben!'

Es dauerte nicht mehr lange und ich versprach ihnen, für sie zu sorgen. Natürlich war mir klar, dass Menschenkinder nicht in einem Hexenwald groß werden konnten. Ich überlegte, was zu tun sei. Eines Tages tat ich das einzig Mögliche ..."

Die Olle Lilli musste nun wieder ein Scheit nachlegen, goss sich noch eine Tasse Baumrindentee ein und erzählte weiter: „Da die Kinder nicht im Hexenwald aufwachsen konnten, sie aber nicht mehr von mir weg wollten, gab es nur noch eine Möglichkeit: Ich musste mit ihnen zu den Menschen gehen und dort mit den beiden leben. Eine schreckliche Vorstellung für eine Hexe, wie du sicher nachvollziehen kannst. Ich packte also meine Sachen zusammen und schon am nächsten Tag machten wir uns auf in die Welt der Menschen.

Nun, ich will es kurz machen. Das Ganze ist ja schon über 100 Jahre her, wie ich schon erzählte. Die beiden, Hans und Grete, sind zur Schule gegangen, haben einen Beruf erlernt – Hans ist übrigens Bäcker geworden und Grete Köchin – haben geheiratet, Kinder bekommen und sind irgendwann gestorben, wie das eben so ist bei den Menschen. Es waren gute Kinder und ich habe sie sehr geliebt.

Doch nun hatte ich mich an die Menschen und ihre Eigenarten gewöhnt. Meine Hütte in ihrer Stadt war mir ein Zuhause geworden. Aber ich bin auch immer eine Fremde geblieben. Hexen und Menschen, das ist eine schwierige Sache."

Die Olle Lilli verstummte und starrte in das Feuer.

Ja, dachte Tiziana, Menschen waren seltsam.

Stille breitete sich in dem kleinen behaglichen Raum aus. Das sanft lodernde Feuer ließ die Schatten an den Wänden tanzen und Tag und Nacht hatten ihr Herumgerenne beendet und saßen ruhig nebeneinander auf Lillis Hut.

„So, meine liebe, kleine Tiziana, das war meine Geschichte. Aber jetzt bin ich auch gespannt auf deine. Schließlich gibt es nur eines, was ungewöhnlicher ist als eine Hexe unter Menschen, und das ist eine kleine Hexe unter Menschen."

So erzählte Tiziana von ihrer schmutzigen Hütte, die aufgeräumt werden musste, von den vielen Sachen, die sie den Menschen zurückbringen wollte, von dem ersten Menschen, mit dem sie gesprochen hatte und der ihr gar nicht glauben wollte, dass sie eine Hexe war, von dem Versuch, Kleidungstücke den Menschen zurückzugeben und von der Polizei, die sie mitnehmen wollte.

Die Olle Lilli hörte aufmerksam zu. Dann lachte sie und nickte mit dem Kopf. „Ich glaube, da bist du in ein Kaufhaus geraten."

„Ein Kaufhaus? Was ist das denn?", fragte Tiziana.

„Nun, die Menschen kaufen alles, was sie brauchen, in Häusern. Kaufen heißt, sie geben Geld für die Sachen, die sie haben wollen."

„Ich verstehe gar nichts mehr", sagte Tiziana. „Was ist denn nun Geld schon wieder?"

„Oh, Kind, das sind aber schwere Fragen! Geld bekommen die Menschen dafür, dass sie irgendwas tun." Die Olle Lilli überlegte. „Also, wenn jemand deine Hütte aufräumen und putzen soll, dann musst du ihm dafür Geld geben. Für das Geld kauft sich derjenige dann etwas zu essen oder zum Anziehen oder ..."

„Aber ich kann doch meine Hütte selbst putzen."

„Ja ja, nur mal angenommen, du hättest keine Lust dazu ..."

„Ich habe auch keine Lust dazu, aber auf die Idee, einen Menschen zu fragen, ob er das für mich tut, bin ich nicht gekommen." Tiziana kam ein weiterer Gedanke. „Ich habe ja auch gar kein Geld!"

„Um Geld zu bekommen, musst du irgendwas anderes tun, zum Beispiel für jemanden kochen. Dafür gibt der dir dann Geld."

„Ach, ich verstehe! Und weil ich ja kochen muss, um Geld zu bekommen, habe ich keine Zeit, selbst die Hütte zu putzen."

„Ja, so ungefähr." Die Olle Lilli lächelte.

„Lilli, was ist denn überhaupt Geld?"

„Ich vermute", krächzte Friedwart plötzlich dazwischen, „das sind diese kleinen Zettelchen, die die Menschen in dem Kleiderhaus auf den Tisch gelegt haben."

Tiziana verstand nun einiges. Deshalb waren die Leute auch so verwundert gewesen, dass sie die Kleidung in die Regale legen wollte. Hier suchten die Menschen nicht nach verlorengegangenen Kleidern, sondern hier kauften sie neue, wahrscheinlich, weil sie ihre alten Sachen nicht mehr wiedergefunden hatten.

„Aber ich habe mal gehört", sagte die Olle Lilli, „dass die Menschen ein Haus haben, in dem sie Sachen abgeben, die sie gefunden haben. Und wer etwas vermisst, kann dort suchen." Die Olle Lilli kratzte sich am Kinn. „Warte mal, wie hieß das doch noch gleich …? Mmh, Findehaus? Nein! Findebüro … Nein, auch nicht ganz … Aber so ähnlich. Du musst im Rathaus fragen. Die wissen meistens Rat. Du findest es in der Mitte der Stadt, direkt neben der Kirche. Das ist das Haus mit dem Turm und der Uhr."

Tiziana fand es ausgesprochen schlau von den Menschen, ein Haus zu bauen, wo man gefundene Sachen abgeben konnte. Sie würde alle ihre Sachen dorthin bringen. Wenn alles gut klappte, konnte sie schon heute Abend zu Hause mit dem Saubermachen beginnen. „Lilli, ich werde mich gleich aufmachen und die Sachen in dem Findebüro abgeben."

„Schön", sagte die Olle Lilli, „und heute Mittag kommst du wieder vorbei und wir kochen etwas Feines nach Hexenart. Wie lange habe ich nicht mehr mit einer Hexe einen richtigen Zaubertrank zubereitet."

Tiziana überlegte kurz. Eigentlich wollte sie abends ja schon wieder in ihrem Hexenwald sein, aber sie mochte die Olle Lilli. Sicher war es schön, noch den Tag bei ihr zu verbringen. „In Ordnung, Lilli. Ich mache mich jetzt auf ins Findebüro. Bis später!"

Friedwart setzte sich wieder auf Tizianas Schulter. „Friedwart, sei nicht so schissig! Du benimmst dich wie ein kleiner Sperling!"

„Diese Umbra hat mich die ganze Zeit nicht aus dem Auge gelassen. Ich traue ihr nicht." Dabei schaute Friedwart über die Schulter nach der Eule.

„Tschüss, Kleiner!", sagte Umbra in diesem Moment mit ihrer wohltönenden Stimme. „Bis später!"

Friedwart brachte nur ein heiseres Krächzen heraus.

Als Tiziana und Friedwart sich in die Lüfte erhoben, stand die Olle Lilli in der Türe ihrer gemütlichen kleinen Hütte und winkte ihnen nach, bis sie nur noch ein kleiner Punkt am Himmel waren.

Kapitel 6
Eine zweite Chance

Der Lärm der Autos war so laut, dass sich Thomas und Karl an der Ampel fast anschreien mussten. „Hast du Mathe?", brüllte Karl.

„Ja", brummte Thomas.

„Was?"

„Ja!", brüllte Thomas lauter. „Meine Mutter hat mir geholfen. Aber ich bin nicht für Mathe geboren, glaube ich."

Karl antwortete nicht darauf. Vielleicht hatte er gar nicht alles verstanden.

Während Thomas in den Himmel schaute, sagte er: „Meine Mutter hat gesagt: ‚Such dir bloß einen Beruf, in dem man nicht rechnen muss!' Hast du Mathe verstanden?"

Er schaute neben sich, aber da stand niemand mehr. Karl winkte bereits von der anderen Straßenseite. Thomas lief los. Plötzlich quietschten Reifen. Er schaute nach links. Wenige Zentimeter vor seinen Beinen kam ein Auto schlingernd zum Stehen.

„Mensch Junge!", brüllte der Fahrer durch das Seitenfenster. „Bist du farbenblind? Du hast Rot!"

Thomas hatte einen solchen Schrecken bekommen, dass er gar nichts sagen konnte. Mit zitternden Beinen ging er die zwei Schritte zurück zum Bordstein. Das Auto fuhr weiter.

Bei der nächsten Grünphase überquerte Thomas die Straße. Auf der anderen Seite stand Karl und schüttelte den Kopf. „Was bist du nur für ein Penner! Das hätte echt böse enden können."

„Ich hab halt nicht aufgepasst! Kann ja mal passieren."

„Du passt neuerdings überhaupt nicht mehr auf. Beim Fußballspielen hast du ja auch keinen Ball gehalten, weil du immer nur geträumt hast. Ich rate dir: Schlaf nicht beim Heiligenfeld in

Mathe, sonst wird dich der nächste Mathetest ganz brutal aus deinen Träumen reißen."

Thomas antwortete nicht. Langsam trotteten sie weiter in Richtung Schule. Obwohl sich Thomas dazu zwang, nicht nach oben zu schauen, fiel sein Blick doch immer wieder in den strahlend blauen Oktoberhimmel.

Dann, kurz bevor sie das Schultor erreichten, sah er sie. Es war ein wahrhaftig unglaublicher Anblick. Da glitt wieder der Besen mit dem Berg von Sachen über den Himmel. Dicht daneben flog der Rabe. Thomas blieb wie angewurzelt stehen. Die beiden flogen Richtung Stadtzentrum. Sie waren also noch in der Gegend. Er spürte, wie sein Herz hüpfte.

Da er vor Aufregung keinen Ton herausbringen konnte, packte er Karl heftig am Arm.

„Ey, was ist? Lass mich!"

Wortlos zeigte Thomas in den Himmel. Im gleichen Moment, als Karl nach oben blickte, verschwanden Tiziana und der Rabe gerade hinter den Baumwipfeln des Parks an der Schule.

„Hast du sie gesehen? Hast du sie gesehen?", fragte Thomas aufgeregt und zerrte weiter an Karls Arm. Endlich hatte er seine Stimme wiedergefunden.

„Wen gesehen?", fragte Karl zurück, befreite sich mit einem Ruck von Thomas' Arm und schaute abwechselnd in den Himmel und seinen Freund an. „Meinst du das Ufo gerade eben?", lachte er und zeigte irgendwo in den leeren blauen Himmel. „Oder die fliegenden Elefanten? Ach nein, die haben ja keine Flügel. Ich glaube, es waren karierte Zebras."

Karl schüttelte sich vor Lachen.

Thomas war verzweifelt. Er hatte sie doch gesehen. Er hatte sogar schon einmal mit ihr gesprochen. Es war kein Wunder, dass Karl ihm nicht glaubte. Eine kleine Hexe auf einem fliegenden Besen, die sich mit einem Raben unterhalten konnte. Das klang auch zu lächerlich.

„Es war nichts! Ich hab Spaß gemacht. Gehen wir rein!" Thomas ging durch das Schultor. Karl folgte ihm kopfschüttelnd.

Als er später bei Herrn Heiligenfeld Matheaufgaben rechnen sollte, musste er immer wieder daran denken, dass sie vielleicht noch irgendwo in der Nähe war.

„Na Thomas, wovon träumst du denn gerade? Sicherlich nicht von den Matheaufgaben ..." Herr Heiligenfeld stand neben ihm und Thomas hatte es nicht bemerkt.

„Ich ... äh ... habe über die Lösung nachgedacht, Herr Heiligenfeld", stotterte Thomas.

„Und hat es was gebracht?"

„Was gebracht?"

„Na, das Nachdenken! Hat es was gebracht?"

„Ach so, das! Sie haben mich ja unterbrochen beim Nachdenken. Jetzt muss ich wieder von vorne anfangen."

Herr Heiligenfeld schaute verdutzt. Dann atmete er deutlich hörbar ein und ging weiter zu den anderen Kindern.

Thomas hatte selbstverständlich nicht einen einzigen Gedanken an die Matheaufgaben verschwendet. Ihm war klar geworden, dass er Tiziana finden musste – um alles in der Welt. Vielleicht traf man nur ein einziges Mal in seinem Leben eine echte Hexe. Und doch: Obwohl er nicht sagen konnte warum, hatte er plötzlich das sichere Gefühl, sie wiederzusehen. Er lächelte zufrieden.

Karl beobachtete Thomas, der plötzlich mitten in der Mathestunde blöde vor sich hin grinste. Er machte sich Sorgen um seinen Freund.

Kapitel 7

Das
Findebüro

Tiziana war erstaunt, dass die Menschen immer noch zwischen den Häusern hin und her liefen. Nun wusste sie ja inzwischen von der Ollen Lilli, dass sie nicht die ganze Zeit mit Suchen beschäftigt waren. Aber was taten sie dann? Wo kamen sie her? Wo gingen sie alle hin? Tiziana merkte, dass sie es sehr spannend fand, hier bei den Menschen, obwohl ihr manches merkwürdig vorkam.

Vielleicht war auch Thomas, das Rumpelstilzchen, irgendwo hier unter ihr. Sie hielt Ausschau nach ihm, konnte ihn aber nicht entdecken.

Tiziana flog tiefer, um alles besser erkennen zu können. ,Donnerschleim und Hexensud! Was sind diese Dosen auf Rädern laut!', dachte Tiziana. Hinten an den rollenden Dosen war ein Rohr, aus dem bläulich-grauer Dampf aufstieg. „Und stinken tun sie auch! Wie angebrannte Marderzehen!"

Sie stieg wieder höher in die Luft. Friedwart folgte ihr. Je höher sie kamen, umso stiller wurde es. Nur das Rauschen des Windes an ihrem Ohr ließ sie spüren, wie schnell sie flog. Ab und an kreuzten Tauben und Amseln ihren Weg.

Tiziana grüßte freundlich. Aber es schien ihr, als verhielten sich die Vögel in den Städten wie die Menschen. Sie schauten immer auf den Boden und bemerkten kaum, was rings um sie her geschah.

„Da ist der Turm", krächzte Friedwart und deutete mit einer Flügelspitze schräg vor sich.

„Und wie kommen wir da rein?", fragte Tiziana, während sie das Gebäude betrachtete, erhoffte sich aber nicht wirklich eine Antwort von Friedwart. „Diesmal gehen wir durch die Türe, wie die Menschen auch, und steigen nicht durch das Dach ein, wie in dem Kleiderhaus."

Sie landeten unbemerkt in einer kleinen Seitenstraße neben dem Rathaus. Tiziana entlud ihren Besen und stapelte alles auf dem Kinderwagen.

„Komm Friedwart! Nicht mehr lange und wir sind die Sachen los!" Tiziana stieß die Türe zum Rathaus auf und schob den Kinderwagen hindurch. Direkt hinter dem Eingang sah sie einen Mann hinter einer Glasscheibe sitzen. Sie klopfte dagegen und der Mann öffnete von innen eine Klappe in dem Fenster. Tiziana versuchte den Kopf hindurchzustecken, aber die Öffnung war zu klein.

„Hey, hey, kleines Fräulein! Nicht so stürmisch!", sagte der Mann und lachte. „Du kannst hier nicht reinklettern!"

Tiziana zog den Kopf zurück und sagte: „Entschuldigung, ich dachte, sie hören mich sonst gar nicht durch das Fenster."

„Na? Und wo wollen wir hin?"

„Wollen Sie auch ins Findebüro?", fragte Tiziana erstaunt.

„Ich? Nein!" Der Blick des Mannes fiel auf den Kinderwagen mit den vielen Sachen. Er hob die Augenbrauen. Dann deutete er auf Friedwart, der auf Tizianas Schulter saß. „Und den Raben da, willst du den auch im Fundbüro abgeben?"

„Friedwart?", schrie Tiziana entsetzt. „Sind sie vom Troll gebissen? Friedwart ist mein Freund!"

Die Augenbrauen des Mannes hoben sich noch mehr. „Also, das Fundbüro ist im ersten Stock, Zimmer 109."

„Das Fundbüro ist in einem Stock?", fragte Tiziana und nun hob auch sie ihre Augenbrauen.

„Lustig!", sagte der Mann und fuhr fort: „Dort den Gang lang und die Treppe rauf. Dann hinter der Glastüre, dritte Tür links, findest du das Fundbüro"

„Danke schön!", trällerte Tiziana und wandte sich um.

„Hey, Fräuleinchen, mit dem ganzen Krempel kommst du doch gar nicht die Treppe rauf!"

„Ach, das schaffe ich schon", sagte Tiziana. Sie murmelte:

Pferdehuf und Katzenleder,
werde leicht wie eine Feder.

Dann packte sie die Sachen mit zwei Fingern und hüpfte die Treppe hinauf.

Der Mann am Eingang schaute den beiden mit offenem Mund hinterher, schüttelte den Kopf, machte „Tzz!", schaute wieder auf die Treppe, auf der nun niemand mehr zu sehen war, und sagte leise zu sich selbst: „Ich muss einfach abends früher schlafen gehen. Ich träume schon bei der Arbeit ...“

Oben auf dem Flur stand Tiziana und wusste nicht mehr weiter. Rechts und links vor ihr waren unzählige Türen. Aber welche war die zum Fundbüro?

Es war so still und menschenleer in dem Flur, dass sie auf Zehenspitzen ging, um keinen Lärm zu machen.

Plötzlich krächzte Friedwart in die Stille: „Hier ist es ja unheimlicher als im finstersten Wald! Bäh! Ich will hier weg!"

In diesem Moment öffnete sich schräg hinter ihnen eine Türe und eine junge Frau trat in den Flur. Friedwart flatterte erschrocken auf. Die Frau ließ einen Schrei los, verschwand blitzschnell wieder in dem Zimmer, aus dem sie gerade gekommen war, und schloss mit einem lauten Knall die Türe.

„Los, Friedwart! Die fragen wir, wo das Findebüro ist." Tiziana stellte die Sachen ab, öffnete die Türe und trat ein.

Zwei Frauen – eine war die vom Flur – redeten aufgeregt und laut miteinander. Als Tiziana in der Türe stand, verstummten sie.

„Entschuldigen Sie, ich suche das Findebüro. Wissen Sie ...“

„Wir nehmen keine Tiere an!", unterbrach die eine Frau Tiziana.

„Tiere?", fragte Tiziana verdutzt.

„Die meinen mich!", krächzte Friedwart, der ausnahmsweise schneller begriffen hatte als Tiziana.

„Ach was! Raben kann man doch nicht finden oder verlieren", sagte Tiziana mit einem Tonfall, als redete sie mit alten Freunden. „Erst recht nicht Friedwart. Der geht – pardon – fliegt nirgendwohin ohne mich. Manchmal würde ich gerne mal meine Ruhe haben, dann sage ich zu ihm: ‚Friedwart, flieg doch mal durch die Gegend, wie das alle Raben tun!' Und wissen Sie, was er dann antwortet?" Die verdutzten Frauen schüttelten die Köpfe. „Er sagt dann immer: ‚Und mit wem soll ich dann reden?' ‚Ja, rede doch mal mit anderen Raben!', sage ich dann, aber er findet, mit Raben kann man einfach nicht vernünftig reden. ‚Außer mit dir', sage ich dann immer. Na ja, das interessiert Sie wahrscheinlich gar nicht. Jedenfalls bin ich nicht wegen Friedwart hier." Tiziana zeigte hinter sich auf den Flur. „Ich habe ein paar Sachen gefunden und es heißt, bei Ihnen könnte ich die abgeben. Ich weiß nämlich nicht, wer sie verloren hat, und in meiner Hütte ist einfach kein Platz mehr. Ich will nämlich meine Hütte sauber und gemütlich haben, so wie die von der Ollen Lilli."

Die Frauen schauten sich an, dann setzte sich die eine auf einen Stuhl hinter den Schreibtisch. Die andere sagte: „Bis später!", schaute ihre Kollegin vielsagend an und verließ den Raum durch eine andere Türe.

„Na, dann setz dich mal!", sagte die Frau hinter dem Schreibtisch und zeigte auf einen zweiten Stuhl in dem kleinen Raum.

Tiziana nahm Platz und schaute sich um. Das war aber eine kleine Hütte.

Allein ihre Findesachen würden schon nicht in diesen Raum passen. Aber sie war sicher nicht die Einzige, die hier etwas hinbrachte.

„Wo sind eigentlich die ganzen gefundenen Sachen?", fragte Tiziana neugierig.

„Die sind unten in einem Kellerraum."

„Aha", sagte Tiziana und dachte daran, dass sie gerade alle Sachen die Treppe heraufgetragen hatte.

Die Frau betrachtete Tiziana eingehend von oben bis unten, sog laut Luft ein, rümpfte die Nase, stand wieder auf und öffnete das Fenster. „Geht das oder fliegt dann dein Rabe hinaus?", fragte sie Tiziana.

„Ich weiß nicht, ob er wegfliegt, aber ich kann ihn ja mal fragen."

Sie wandte sich an Friedwart: „Willst du ein bisschen hinausfliegen?"

„Warum soll ich jetzt hinausfliegen? Ist doch sehr spannend hier."

„Da hören Sie es selbst", sagte Tiziana zu der Frau. „Wie ich schon sagte, er will gar nicht weg."

„Ja, sicher!" Die Frau schaute kurz an die Zimmerdecke und setzte sich wieder.

„Was hast du denn gefunden?"

Tiziana holte tief Luft: „Also, ein Fahrrad, einen Kinderwagen, ein Dreirad, eine Jeanshose, Pullover ..."

„Halt, halt, halt! Nicht so schnell", sagte die Frau und lachte. „Eins nach dem anderen. Wir müssen über jede einzelne Sache einen Fundvermerk machen."

„Ach!", sagte jetzt Tiziana und beobachtete, wie die Frau einen Zettel aus einem Regal an der Wand nahm.

„Fangen wir mal mit dem Fahrrad an. Fülle bitte diesen Zettel aus."

Die Frau reichte ihr ein gräuliches Blatt. Tiziana schaute verdutzt darauf. „Und was soll ich da drauffüllen?"

Sie betrachtete den Zettel genau.

An vielen Stellen war er mit kleinen schwarzen Strichen und Punkten übersät. Solche Zeichen hatte sie schon einmal neben den Bildern in den Heften aus dem Wald gesehen.

„Nun", erklärte die Frau geduldig, „hier oben trägst du ein, was du gefunden hast."

„Aber ich kann das Fahrrad doch gar nicht auf diesen kleinen Zettel tragen. Soll ich es Ihnen mal zeigen? Es steht vor der Tür."

Tiziana war aufgesprungen, aber die Frau sagte: „Nein, nein! Das holen wir später. Hier sollst du nur aufschreiben, was du gefunden hast."

„Aufschreiben?" Tiziana schaute die Frau hilflos an.

Die Frau zögerte. „Kannst du nicht schreiben und lesen?", fragte sie vorsichtig.

„Das kann ich Ihnen nicht sagen, denn ich hab es noch nie versucht", antwortete Tiziana.

Die Frau machte große Augen. „Das musst du doch längst in der Schule gelernt haben! Du bist doch schon ein großes Mädchen!"

„Ich weiß zwar nicht, was eine Schule ist", sagte Tiziana nun mit einem ärgerlichen Unterton in der Stimme, „aber ich möchte jetzt gerne wissen, ob ich die Sachen hier abgeben kann!"

Es war kein schönes Gefühl, dauernd irgendetwas nicht zu wissen oder zu kennen. Sie fragte sich, ob auch die Menschen irgendwann die Lust verloren, Sachen ins Fundbüro zu bringen, wenn ihnen dauernd Fragen gestellt wurden, die sie nicht beantworten konnten.

„Na schön!", seufzte die Frau. „Ich kann ja das Formular für dich ausfüllen."

Tiziana wollte gerade fragen, was denn ein Formular sei, als sie sah, dass die Frau ihr den Zettel aus der Hand nahm und sich ein kleines Stöckchen zwischen die Finger klemmte.

„Also", sagte die Frau und ritzte damit kleine Zeichen auf das Blatt, „der gefundene Gegenstand ist ein Fahrrad. Wie das Fahrrad aussieht, muss ich auch noch eintragen, aber das kann ich ja später machen. Nächste Frage: Wo hast du es denn gefunden?"

„Im Wald", antwortete Tiziana, froh, dass sie eine Frage beantworten konnte.

„Kannst du das ein bisschen genauer sagen? In welchem Wald?"

Tiziana zögerte. Als sie vor Thomas vom Hexenwald gesprochen hatte, hatte der sich über sie lustig gemacht.

„Ich weiß leider nicht, wie die Menschen den Wald nennen."

„Wie bitte?", fragte die Frau und schaute Tiziana an. Sie zögerte.

„Na schön, schreiben wir ‚Im Wald'. Wann hast du das Fahrrad denn gefunden?"

Tiziana überlegte. Wie sollte sie das noch wissen? Vielleicht war es 20, vielleicht 30 Jahre her ...

„Warum wollen Sie das denn wissen?", fragte Tiziana, die Sorge hatte, die Frau würde jetzt wieder dauernd Fragen stellen, die sie nicht beantworten konnte.

„Überleg doch mal!", sagte die Frau weiterhin freundlich. „Wenn einer kommt und sagt, er habe sein Fahrrad im Wald verloren und dann kommt ein Zweiter und sagt: ‚Ich habe auch mein Fahrrad im Wald verloren', dann können wir fragen: ‚Wann haben Sie es verloren?' und wenn seine Angaben ungefähr mit dem Zeitpunkt übereinstimmen, an dem du es gefunden hast, können wir ihm das richtige Fahrrad zurückgeben."

Das leuchtete Tiziana ein. Sicher wurden noch mehr Fahrräder im Wald gefunden und hier abgegeben.

„Leider weiß ich nicht so genau, wie lange das her ist. Es hat jedenfalls einige Jahre in meiner Hütte gestanden. Friedwart saß immer gerne auf der Lenkstange."

„Ja, sicher", sagte die Frau mit einem Blick auf den Raben. „Du sagst, es hat einige Jahre in deinem Zimmer gestanden?"

„In meiner Hütte!", verbesserte Tiziana.

„Aha! Und wo ist die Hütte?"

„Na, im Wald!"

„Du wohnst im Wald?"

„Ja!"

„Und du weißt aber nicht, wie der Wald heißt?"

„Also ich weiß, wie ich den Wald nenne. Ob das sein Name ist, weiß ich nicht, weil mir der Wald seinen Namen nicht gesagt hat."

Die Frau lächelte schief. „Du bist schon ein witziges kleines Mädchen ... na schön!" Sie räusperte sich. „Wie nennst du denn den Wald?" Sie setzte wieder an, um etwas auf den Zettel zu kritzeln.

„Hexenwald."

Die Frau schaute auf, dann knallte sie das Stäbchen auf den Zettel. „Pass mal auf, kleines Fräulein! Ich habe hier viel Arbeit.

Also lass jetzt mal deine Witze und antworte mir vernünftig! Ich habe auch nicht ewig Zeit!" Sie verschränkte die Arme und blitzte Tiziana mit den Augen böse an.

Die Menschen waren wirklich rätselhaft. Nun war die Frau wütend. Und das nur, weil Tiziana ihre Frage beantwortet hatte. Tiziana fand es unerhört schwierig, Menschen Fragen zu beantworten. Entweder wusste sie keine Antwort und wenn sie eine Antwort wusste, dann waren die Menschen sauer oder wollten ihr nicht glauben.

„Sie haben mich gefragt, wie ich den Wald nenne! Und ich habe Ihnen eine Antwort gegeben. Wieso sind Sie jetzt wütend?", fragte Tiziana und in ihrer Stimme klang ein bisschen Verzweiflung mit.

Die Frau lehnte sich in ihrem Stuhl zurück, klopfte mit dem Stäbchen in ihrer Hand auf den Tisch und sagte dann: „Na, von mir aus! Aber ich schreibe lieber einfach wieder ‚Wald'. So, jetzt brauche ich nur noch deinen Namen und dann sind wir mit dem Fahrrad auch schon fast fertig."

„Ich heiße Tiziana Fidelia Rigoletta Furiosa", sagte Tiziana.

„Wie bitte?"

Tiziana wiederholte ihren Namen.

„Kannst du das mal buchstabieren?"

Dann schaute sie Tiziana an und machte eine schnelle Bewegung mit der Hand, als wollte sie eine Fliege vertreiben. „Ach lass nur, ich schreibe es halt irgendwie auf."

„Schreibt sie meinen Namen auch auf den Zettel?", fragte Friedwart plötzlich dazwischen.

„Ich weiß nicht", sagte Tiziana und wandte sich an die Frau: „Kratzen Sie bitte auch Friedwarts Namen auf den Zettel. Er war nämlich dabei, als ich das Fahrrad gefunden habe."

Die Frau schaute auf, seufzte laut, schüttelte nur den Kopf und bearbeitete weiter das Papier.

„Hast du denn selbst ein Fahrrad, Tiziana?", fragte sie, als sie fertig war.

„Bis jetzt hatte ich eins", antwortete Tiziana. „Aber nun bringe ich das Fahrrad ja zurück."

„Na ja", sagte die Frau. „Wenn sich der Besitzer nicht innerhalb eines halben Jahres gemeldet hat, gehört das Fahrrad dir. Vielleicht hast du ja Glück."

„Glück?", schrie Tiziana auf. „Ich bringe es Ihnen doch, weil es in meiner Hütte im Weg steht und weil es mir gar nicht gehört."

„Das ist so im Fundbüro", erklärte die Frau geduldig. „Wenn die Leute die Sachen nicht innerhalb eines halben Jahres abgeholt haben, gehören sie dem Finder."

„Bloß nicht!", schrie Tiziana weiter. „Ich will den Krempel endlich loswerden! Deshalb bringe ich ihn ja zu Ihnen! Ich will die Sachen nicht mehr haben!"

„Ist ja gut", sagte die Frau beruhigend. „Man muss die Sachen nicht zurücknehmen."

Tiziana entspannte sich.

„Na, dann wollen wir uns die Sachen mal anschauen", sagte die Frau und ging vor die Tür. Tiziana und Friedwart folgten ihr.

Als die Frau die Sachen sah, stemmte sie die Hände in die Hüften, murmelte „Oh mein Gott!", nahm ein Paar durchsichtige Plastikhandschuhe aus ihrer Tasche und berührte die Fundsachen so vorsichtig, als habe sie Angst, sie könnten zerbrechen.

„Ist Ihnen kalt?", fragte Tiziana.

„Kalt? Nein, warum?"

„Na, weil Sie Handschuhe anziehen ..."

Die Frau verzog das Gesicht und wühlte weiter in den Sachen.

„Das hast du alles im Wald gefunden?", fragte sie und öffnete eine Plastiktüte. Plötzlich kullerten mit großem Gepolter, das von den Flurwänden widerhallte, unzählige Limonadendosen auf den Flur. Der Lärm war unbeschreiblich. Die Frau versuchte, sich gegen die Kiste unter der Tüte zu stemmen, damit nicht noch mehr Dosen herunterfielen. Dabei riss sie versehentlich an der Tüte mit den Trinkflaschen und mit einem Knall platzte die Tüte und die leeren

Flaschen zersprangen auf dem Boden. Aus allen Türen kamen nun Menschen.

„Was ist denn hier los?", fragte einer.

„Hast du den Mülleimer ausgeschüttet?", fragte ein anderer und die Leute lachten.

Die Frau hatte sich von dem Schrecken etwas erholt und fragte Tiziana: „Du willst mir doch nicht diesen ganzen Müll als Fundsache abgeben, oder?!"

„Wollen Sie die Sachen etwa nicht haben?", fragte Tiziana zurück.

„Da werden die Menschen, die die Sachen vermissen, aber sauer auf Sie sein, wenn sie erfahren, dass Sie sie nicht annehmen wollten."

„Diesen Krempel will niemand mehr haben!", sagte die Frau laut und die Umstehenden lachten wieder.

Tiziana schaute sich um. Schon wieder stand sie in der Mitte einer Menschenmenge.

Es war fast so wie am Vortag im Kaufhaus. Ihr wurde es mulmig.

„Bitte holen Sie nicht die Polizei!", sagte Tiziana flehend. „Die sind bestimmt noch sauer auf mich, weil ich gestern nicht mit ihnen gegangen bin."

„Wohin wollten sie dich denn bringen?", fragte die Frau mit großen Augen.

„Ja, ich glaube, in den Wald oder ins Gefängnis. So genau habe ich das auch nicht verstanden. Friedwart wollte weg und da konnten wir nicht mehr zu Ende reden."

„Jetzt hör mal zu!", sagte die Frau zu Tiziana. Sie hob den Zeigefinger und ihre Stimme klang gar nicht mehr freundlich. „Du packst jetzt den ganzen Kram hier zusammen und verschwindest! Sonst hole ich tatsächlich die Polizei! Hast du mich verstanden?"

Ihr Gesicht war rot angelaufen und ihre Stimme immer schriller geworden.

„Natürlich habe ich Sie verstanden. Sie haben ja laut genug geredet!", antwortete Tiziana.

Auch sie war nun sauer. Sie stellte sich vor die Sachen, rührte mit den Händen in der Luft und sagte:

Mondesglanz und Fäulnisduft,
all das Meine werde Luft.

Sofort war auf dem Flur nichts mehr von Tiziana, Friedwart und all den Sachen zu sehen. Sie fanden sich in der Seitenstraße wieder, wo sie gelandet waren.

Tiziana schlug mit der Faust auf den Kinderwagen, dass die Federn quietschten. „Ich hab es langsam satt mit den Menschen! Seit zwei Tagen versuche ich, ihnen ihre Sachen wiederzugeben, und niemand will sie haben! Was sind die Menschen komisch, Friedwart. Ich habe immer gedacht, du bist der komischste Vogel, den ich kenne. Aber jetzt weiß ich, dass die Menschen noch viel komischere Wesen sind!"

Sie hexte die Sachen wieder auf ihren Besen und schwang sich in die Lüfte. Friedwart erhob sich mit flatternden Flügeln und folgte ihr. „Was willst du jetzt tun?", fragte er, als er sie eingeholt hatte. „Weiß nicht! Jetzt will ich zur Ollen Lilli. Und dort überlegen wir, wie es weitergehen soll."

Kapitel 8

Der Wald
gibt kein Geld zurück

Tiziana und Friedwart sahen die Olle Lilli schon von weitem auf der Terrasse in ihrem Schaukelstuhl sitzen. Sie winkte ihnen zu. Tiziana stellte den Besen an die Hüttenwand, türmte die ‚Fundsachen' auf der Terrasse auf und setzte sich ohne ein weiteres Wort neben die Olle Lilli auf den Boden.

„Schön, dass du wieder da bist", sagte die Olle Lilli nur und Tiziana spürte, wie im gleichen Moment ganz viel von ihrer Wut über dieses komische Fundbüro aus ihr herausströmte.

„Du machst keinen fröhlichen Eindruck, meine Kleine, und die Sachen hast du wieder mitgebracht. Also ist einiges schiefgelaufen?" Tiziana hatte den Kopf in die Hände gestützt und brummte nur vor sich hin.

Stattdessen begann Friedwart zu erzählen: „Das Fundbüro wollte die Sachen nicht haben. Das wusste sie aber erst, als sie ewig lange auf einem Zettel herumgekratzt hatte ..."

„Wer ist ‚sie'?", unterbrach ihn die Olle Lilli, die aufmerksam zuhörte.

„Die Fundfrau, oder wie sie heißt. Sie hat Tiziana dauernd Fragen gestellt, die sie nicht beantworten konnte. Und am Schluss hat sie die Sachen auf den Boden geschmissen und Tiziana ausgeschimpft ..."

„Friedwart, du verdrehst alles!", sagte Tiziana vorwurfsvoll. „Außerdem hat das die Frau ja nicht absichtlich gemacht."

„Jedenfalls wollte sie ...", er sprach nicht weiter, denn in diesem Moment kam Umbra, die Eule, aus der Hütte geflogen und ließ sich auf Lillis Rückenlehne nieder.

„Die Stimme kenne ich doch, habe ich drinnen gedacht." Ihre Stimme schien durch den Raum zu rollen. „Hallo, du süßer, schwarzer Rabe!" Friedwart glotzte sie an.

„Lass dich nicht stören! Erzähl doch weiter!", sagte Umbra und zwinkerte mit beiden Augen gleichzeitig.

„Jedenfalls", fuhr Friedwart fort, „wollte sie die Sachen nicht haben. Na ja, nun waren ja auch die ganzen Flaschen kaputt und die Dosen noch zerbeulter als vorher. Aber wir sollten sie trotzdem wieder mitnehmen. Ich frage mich, wer will eine zerbeulte Limonadendose zurück oder eine zersplitterte Flasche?"

„Aber sie wollte auch nicht das Fahrrad und den Kinderwagen und das Dreirad", ergänzte Tiziana. „Nicht einmal die ganzen Klamotten ..." Tiziana schüttelte den Kopf. „Müll hat sie die Sachen genannt, was immer das heißen mag. Sie hat sowieso dauernd Sachen gesagt und gefragt, die ich nicht kapiert habe. Kannst du mir erklären, was Müll ist?"

Die Olle Lilli schaukelte leicht mit ihrem Stuhl, schaute in den weiten Garten, in dem alle Sorten Gemüse wuchsen, Obstbäume schwer an ihren letzten Früchten trugen und Amseln und Meisen sich wie im Paradies fühlten.

„Du weißt nicht, was Müll ist, weil Hexen keinen Müll machen", sagte die Olle Lilli freundlich. „Deshalb ist es auch nicht schlimm, dass du es nicht weißt."

„Dann erkläre es mir!", sagte Tiziana und schaute die Olle Lilli an.

„Nun, du baust deine Hütte mit Lehm. Wenn du zu viel Lehm genommen hast, was machst du dann?"

„Dann schütte ich ihn zurück in den Wald."

„Richtig! Und die Kirschkerne von den Kirschen, die du gegessen hast, spuckst du ins Gebüsch und aus einigen wird in vielen Jahren ein neuer Kirschbaum. Oder das Holz, aus dem du dir Stühle gebaut hast, findest du im Wald. Wenn du zu viel hast, dann kannst du es zum Bau eines Tisches verwenden oder im Ofen verfeuern, damit du es warm hast."

„Das weiß ich doch alles, Lilli", sagte Tiziana. „Aber wolltest du mir nicht eigentlich erklären, was Müll ist?"

„Nur Geduld, meine liebe Tiziana. Es ist doch so, dass du alles aus dem Wald nimmst, was du zum Leben brauchst. Und was du nicht mehr brauchst, gibst du dem Wald zurück."

„So ist es, Lilli. Jetzt sag mir endlich, was Müll ist!"

„Nun, das ist ganz einfach. Die Menschen bauen nämlich viele Sachen, die der Wald gar nicht zurücknehmen kann. Zum Beispiel das Fahrrad, die Dosen, Flaschen, Kinderwagen und was du noch so alles gefunden hast."

„Du meinst, die Menschen haben die Sachen im Wald nicht verloren, sondern sie haben versucht, sie dem Wald zurückzugeben?" Tiziana bekam große Augen.

„Nicht ganz. Sie haben die Sachen zwar nicht im Wald verloren, aber sie wollten sie auch nicht dem Wald zurückgeben."

„Lilli, bring mich nicht zur Verzweiflung! Ich verstehe gar nichts mehr! Wenn sie die Sachen in den Wald bringen, sie aber nicht dem Wald zurückgeben wollen, ist das völlig blödsinnig. Und ich verstehe zwar nicht alles, was die Menschen tun und sagen. Aber das kommt mir doch irgendwie sehr blöde vor!"

Die Olle Lilli lächelte. „Die Menschen tun wirklich seltsame Dinge. Das habe ich auch in den vielen Jahren, in denen ich unter ihnen lebe, erkennen müssen. Nur hier ist es noch ein bisschen anders." Sie machte eine Pause, um ihre Gedanken zu ordnen. „Die Menschen haben diese Dinge", dabei deutete sie auf den Berg von Sachen, „in den Wald gebracht, weil sie sie nicht mehr gebrauchen konnten. Ob der Wald die Sachen annehmen würde oder nicht, darüber haben sie gar nicht nachgedacht."

„Aber wenn der Wald die Sachen nicht annehmen kann, dann kann man sie ihm doch auch nicht geben wollen!", entrüstete sich Tiziana.

„Wie gesagt, darüber machen sich die Menschen keine Gedanken. Sie wollen die Sachen einfach loswerden."

„Aber wenn der Wald sie nicht nimmt, dann sind sie die Sachen doch auch gar nicht losgeworden, denn der Wald lässt sie ja für immer da liegen." Tiziana schüttelte den Kopf über so viel Dummheit der Menschen.

„Ja, und das bedenken die Menschen nicht. Außerdem leben die meisten Menschen in der Stadt und werfen die Sachen in den Wald, nur damit sie sie nicht mehr sehen."

„Das ist nun wirklich blödsinnig!", mischte sich Friedwart ein. „Wenn sie die Sachen nicht mehr sehen wollen, brauchen sie doch nur die Augen zuzumachen. Das ist einfacher, als den Kram in den Wald zu schleppen."

Die Olle Lilli lachte laut und herzhaft.

Umbra richtete ihre großen runden Augen auf den Raben und sagte: „Du bist ein richtiger Spaßvogel, du!"

„Aber da ist ja noch etwas anderes", sagte nun Tiziana. „Die Sachen waren ja zum Teil völlig in Ordnung. Warum haben die Menschen sie überhaupt weggeworfen?"

„Das ist eine gute Frage, mein kleines Hexenmädchen! Ich glaube, die Menschen werfen auch Sachen weg, weil sie neue Sachen haben wollen."

„Was?"

„Nun, sie wollen ein neues Fahrrad haben, weil ihnen das alte nicht mehr gefällt", erklärte die Olle Lilli geduldig.

Tiziana schwieg und versuchte, sich das vorzustellen. Aber es ging nicht. Nie wäre sie auf die Idee gekommen, sich einen neuen Tisch zu bauen, wenn der alte Tisch noch in Ordnung war. Sie hing auch an diesem Tisch, denn sie konnte sich daran erinnern, wie schwer es für sie gewesen war, ihn zu bauen. Und sie konnte sich an ihr Gefühl von Stolz erinnern, als er fertig war. Menschen, das begriff Tiziana nun, waren eben anders als Hexen.

„Wie können die Menschen Sachen wegwerfen, die sie einmal selbst gebaut haben?", fragte Tiziana.

„Mmh, sie haben die Sachen ja selten selbst gemacht. Meistens haben sie sie gekauft, mit Geld, du erinnerst dich?"

„Aber der Wald gibt ihnen ja nicht das Geld wieder zurück!", meldete sich Friedwart wieder zu Wort.

Die Olle Lilli musste wieder lachen. „Eine wirklich komische Vorstellung, dass der Wald die Menschen für die Sachen bezahlt. Nein, der Wald will die Sachen auch gar nicht haben."

„Werfen die Menschen denn alles, was sie nicht mehr haben wollen, in den Wald?", fragte Tiziana.

„Nein! Die meisten Menschen haben doch begriffen, dass der Wald ihren Müll nicht haben will, und werfen die Sachen, die sie nicht mehr brauchen, in die Mülltonne. Die wird dann geleert ..."

„Von wem?", fragte Tiziana.

Die Olle Lilli stand schwerfällig aus dem Schaukelstuhl auf und sagte: „Genug geredet. Wenn ich mich recht erinnere, wollten wir ein Hexenrezept ausprobieren. Da freue ich mich schon den ganzen Tag drauf."

„Aber was soll ich denn nun mit den Sachen machen, Lilli?", fragte Tiziana.

„Das Problem lösen wir später! Jetzt wollen wir erst einmal hexen." Die Olle Lilli klatschte in die Hände und rief: „Auf geht's!"

Tiziana sprang hoch und rief: „Gute Idee! Vielleicht hexen wir stumme Raben?" Dann lachte sie laut und packte Friedwart am Hals. „Aber heute kamen eigentlich viele schlaue Sachen aus deinem Schnabel. Vielleicht überlegen wir es uns noch einmal."

„Wir könnten ihm ja auch mal ein gelbes Gefieder hexen oder ein blau-weiß kariertes." Die Olle Lilli und Tiziana konnten sich kaum halten vor Lachen.

„Also ich finde, schwarz steht ihm am allerbesten!", sagte Umbra und schaute Friedwart dabei an.

„Schauen wir mal ins Hexenbuch. Vielleicht gibt es ja auch ein paar Hexereien, die für Vögel ungefährlich sind", meinte die Olle Lilli und sie betraten die Hütte.

Kapitel 9

Ballaballa

Auf dem Nachhauseweg gab sich Thomas gar keine Mühe mehr, nicht nach oben zu schauen. Er achtete allerdings diesmal darauf, nicht bei Rot über die Straße zu gehen.

„Thomas, das ist lächerlich", sagte Karl. „Du rennst wie Hans-guck-in-die-Luft durch die Gegend, siehst irgendwas, was kein anderer sieht, erzählst aber nicht einmal deinem besten Freund, was es ist." Karl war sauer. „Willst du dich wichtig machen, oder was? Aber ich sage dir, du machst dich nur lächerlich."

Thomas blieb stehen. An dieser Stelle hatte er heute Morgen die kleine Hexe gesehen. Nun war der Himmel wolkenverhangen und nicht einmal eine ganz normale Taube war am Himmel zu sehen.

„Hat es immer noch was mit dieser Hexensache zu tun?", fragte Karl nun.

Thomas nickte.

„Also, du glaubst, dass du eine Hexe gesehen hast!"

Thomas nickte wieder.

Unwillkürlich schaute Karl in den Himmel.

„Kann es nicht sein, dass du dich geirrt hast? Vielleicht war es ein Hubschrauber oder so was, oder ein seltener Vogel."

Thomas schüttelte den Kopf. „Ich habe ja mit ihr gesprochen."

„Ach so! Und was hat sie gesagt?", fragte Karl so ernst wie mög-lich, aber Thomas spürte das zurückgehaltene Lachen bei seinem Freund.

„Sie hat mich gefragt, ob ich vielleicht etwas im Wald verloren habe."

„Und was hast du geantwortet? ‚Meinen Verstand'?" Karl prustete los.

„Karl", Thomas' Stimme klang flehentlich, „du musst mir glauben! Sie ist in unserer Garage gelandet und sie hatte jede Menge Krempel bei sich, einen Kinderwagen, Tüten, Kisten und ich weiß nicht was alles. Außerdem war noch ein Rabe dabei. Aber was der sagte, konnte ich nicht verstehen."

„Du konntest nicht verstehen, was der Rabe sagte ... Aha! Na, vielleicht hat er etwas undeutlich gesprochen?"

Thomas rollte mit den Augen. „Quatsch! Die Hexe hat aber mit ihm geredet! Sie hat ihm Vorwürfe gemacht, dass er unsere Garage als Landeplatz ausgesucht hatte."

„Also ich glaube ja langsam, dass mich mein Hamster auch nicht versteht. Vor ein paar Tagen hat er wieder in mein Bett gepinkelt und ich habe mit ihm geschimpft. Aber der guckte mich an, da habe ich gleich gedacht: Der weiß nicht, was ich meine!"

„Der Rabe hat mich verstanden, aber ich ihn nicht! Das war ja das Besondere!"

„Ach, Thomas, meinst du nicht, für das Ganze gibt es eine Erklärung?"

Sie waren inzwischen vor Thomas' Haus angekommen. Thomas deutete auf die Garage. „Da ist sie reingeflogen. Auf einem richtigen Besen ..."

„Wie das die Hexen eben so machen", sagte Karl und zuckte mit den Schultern.

„Karl, ich habe mich kaputtgelacht, als die kleine Hexe behauptete, sie käme aus dem Hexenwald. Aber dann ist sie auf ihrem Besen vor meinen Augen aus der Garage geflogen und wieder zurückgekommen. Da habe ich nicht mehr gelacht."

„Ist sie etwa noch da drin?", fragte Karl und wollte auf die Garage zugehen.

„Natürlich nicht! Sie musste ja noch die anderen Sachen zurückbringen."

„Das klingt doch alles wie ausgedacht, Thomas", sagte Karl und legte seinem Freund die Hand auf die Schulter. „Kann es nicht sein, dass du das alles geträumt hast? Eine fliegende Hexe, die irgendwelchen Plunder durch die Gegend schleppt und ein sprechender Rabe, das sind doch die letzten Märchen! Nimm's mir nicht übel!"

„Ich weiß aber, dass ich sie gesehen habe! Ich weiß es hundertprozentig!", brüllte Thomas Karl an, dann drehte er sich um und ging ohne ein weiteres Wort ins Haus.

‚Ballaballa!', dachte Karl nur und hoffte, dass er bald wieder mit seinem Freund vernünftig reden konnte.

Kapitel 10
Sternschnuppensalz
und Marzipan

Die Olle Lilli setzte Wasser in einem großen kupfernen Kessel auf. „Das dauert, bis es kocht", sagte sie, öffnete die Ofenklappe und legte noch ein Scheit hinein. Dann stellte sie sich vor das Bücherregal und summte vor sich hin, während sie nach dem Hexenbuch suchte. Tiziana hatte sich an den Tisch gesetzt. Friedwart saß auf einer Rückenlehne und Umbra nahm auf ihrem Stammplatz auf der Stange an der Wand Platz. Die beiden Ratten Tag und Nacht schlummerten friedlich auf Lillis Hut.

„Hier ist es", sagte die Olle Lilli und legte einen schweren, dicken Wälzer auf den Küchentisch. Die Buchdeckel waren schwarz und darauf schimmerten blaue, mit Goldrand verzierte Buchstaben. Als sie ihn aufschlug, staubte es.

„Ich habe das Buch lange nicht mehr benutzt", sagte sie entschuldigend und wedelte den Staub vom Tisch weg. „Was sollen wir kochen? Wie wär's mit dem Rezept, mit dem man den Himmel grün hext, oder mit dem man den Blumen das Singen beibringt, oder das Rezept, mit dem die Steine blühen, oder was willst du? Such dir was aus!"

Sie schob den dicken Wälzer zu Tiziana hinüber. Die glotzte auf das Buch: „Oh, nein danke, Lilli!" Tiziana schon das Buch wieder zurück. „Ich kann ja nicht lesen."

„Ach so. Na, dann nehmen wir halt ein altes Rezept, dass jede Hexe auswendig kennt."

„Lilli, wieso kannst du lesen?"

„Na, du siehst ja, die alten Hexenbücher kann man nur benutzen, wenn man lesen kann. Das kann man in der Hexenschule des Großen Merlins lernen."

„Ist es wichtig, lesen zu können?"

„In der Welt der Menschen ist Lesenkönnen jedenfalls sehr wichtig. Man kann sich kaum etwas zu essen besorgen, wenn man nicht lesen kann."

„Wie kann das denn sein?", fragte Tiziana erstaunt.

„Ganz einfach! Die Menschen kaufen ihr Essen ja in Dosen oder Tüten verpackt in einem Geschäft. Manchmal ist auf der Verpackung ein Bildchen, das einem zeigt, was darin ist. Aber oft muss man lesen können, um zu wissen, was darin ist oder auch wie viel es kostet oder ob man genug Geld in der Tasche hat ..."

„Gibt es ein Rezept, um Geld zu hexen?", fragte Tiziana einem plötzlichen Einfall folgend.

Die Olle Lilli lachte. „Also, wenn es ein solches Rezept gäbe, dann würden die Menschen bestimmt überschnappen vor Gier." Sie lachte wieder laut und herzhaft. „Dem Zauberspuk sei Dank, gibt es aber so ein Rezept nicht."

„Warum würden die Menschen überschnappen?", fragte Tiziana, während sie sich das Hexenbuch nahm und darin blätterte.

„Ha, die meisten Menschen sind ganz verrückt nach Geld und wollen davon so viel wie möglich. Das ist auch kein Wunder, denn dann können sie sich ja alles kaufen, was sie gerne haben wollen."

„Aber irgendwann müssen sie ja dann alles haben, was sie wollen."

„Also ich glaube, einige Menschen kriegen nie genug", sagte die Olle Lilli und schüttelte gedankenverloren den Kopf.

Tiziana dachte an die Menschen, die ein Fahrrad in den Wald brachten, weil sie ein anderes haben wollten. Plötzlich kam ihr eine Idee. „Lilli, gibt es ein Rezept, um Müll zu verhexen?"

Die Olle Lilli schaute Tiziana an. „Ein toller Einfall, Tiziana! Leider kenne ich kein solches Rezept. Aber vielleicht können wir eines erfinden. Wir müssen dafür zuerst einmal wissen, was aus dem Müll werden soll.

Tja ..." Sie schaute die kleine Hexe an. Beide grübelten vor sich hin.

Es war sehr still im Raum. Das Wasser im Kessel rauschte schon ein wenig, bald würde es zu kochen beginnen. Friedwart streckte sein Gefieder und Umbra hatte endlich – wie der Rabe erfreut feststellte – beide Augen geschlossen.

Tiziana dachte an ihren Wald, in dem sie die Sachen gefunden hatte, von denen sie nun wusste, dass die Menschen sie nicht wollten und deshalb auch nicht wieder abholen würden. All die Sachen, die den Wald so hässlich machten, weil sie nicht zu ihm gehörten.

‚Man muss den Müll in etwas verhexen, das zum Wald passt‘, dachte Tiziana. ‚Vielleicht in Gras? Nein, langweilig! Aber in einen See … Nein, lieber nicht.‘ Dann würde ihr geliebter Hexenwald sicher irgendwann eine Seenlandschaft sein und sie konnte nur noch durch ihren Wald schwimmen.

Sie überlegte weiter: Die Menschen waren ja offensichtlich ein bisschen faul. Sie luden ihre Sachen meistens irgendwo am Waldrand ab. Wenn dort nun etwas war, was sie davon abhielt, noch mehr Müll dorthin zu werfen …

Sie erzählte der Ollen Lilli von ihren Überlegungen.

„Mmh", machte diese, „was könnte die Menschen abhalten?"

„Da gibt es nur zwei Dinge", meldete sich Friedwart zu Wort, der die ganze Zeit aufmerksam zugehört hatte. „Man kann die Menschen von etwas abhalten, wenn sie Angst haben, sich zu verletzen oder sich schmutzig zu machen."

„Gut beobachtet, Friedwart", strahlte die Olle Lilli. „Jetzt hab ich's! Das ist es! Wir zaubern aus jedem Müll einen Dornenbusch mit scharfen langen Dornen. Der Busch wird wunderschön aussehen, besonders wenn er blüht. Aber die Blüten geben einen für Menschen ekelhaften Gestank ab, sobald man sie berührt."

Die Olle Lilli schaute Tiziana begeistert an.

„Sehr gut! Und außerdem machen die Blüten rote Flecken, die man nicht mehr aus der Kleidung herausbekommt. Bald ist der ganze Waldrand voller blühender Dornenbüsche und die

Menschen trauen sich nicht mehr, den Müll in den Wald zu kippen."

„Also schön! Fangen wir an!", sagte die Olle Lilli. „So einen Strauch zu hexen ist ja eine leichte Aufgabe für eine Hexe. Es wird aber ein bisschen Arbeit sein, wie wir aus dem Müll einen solchen Strauch machen ... Hmm."

Die Olle Lilli blätterte wieder in dem Hexenbuch. Dabei las sie leise vor sich hin: „Blumenkohl in Nougatpralinen hexen, Kinder in Pflaumenkuchen, Lehrer in Pinguine, Polizisten in Kleiderhaken ... na, wo haben wir denn was Brauchbares?"

„Es wäre sicher nicht schlecht, wenn ich auch lesen könnte", sagte Tiziana.

„Dann musst du in die Schule gehen, wie Hans und Grete damals." Die Olle Lilli las weiter: „Haare in Stroh hexen, Wolken in Elefanten, Blumen in alles Mögliche ... Hey, das ist doch was! Blumen in alles Mögliche! Das müssen wir herumdrehen, also alles Mögliche, das wäre der Müll, in Blumen, aber wir hexen es eben nicht in Blumen, sondern in Dornenbüsche mit stinkenden Blüten. Das kann ja nicht so schwer sein." Sie begann, allerlei geheimnisvolle Zeichen auf einen Zettel zu schreiben.

Tiziana beobachtete sie aufmerksam: „Was glaubst du, wie lange es dauert, bis ich auch lesen und schreiben kann?"

„Ach, du bist ein schlaues Mädchen. Da kann es ja nicht ewig dauern." Sie schrieb weiter auf den Zettel. „So, nun hab ich es fertig. Später schreibe ich das neue Hexenrezept noch auf eine freie Seite in das Hexenbuch, damit wir es nie mehr vergessen."

Die Olle Lilli strahlte. „Also, fangen wir an. Ich nenne dir die Zutaten und du holst sie aus dem Hexenregal."

Tiziana näherte sich dem Regal. Hier war das Herz einer jeden Hexenküche. Geheimnisvolle Essenzen, Tinkturen und Salben aus Pflanzen, Kräutern und Tieren, deren Herkunft und Zusammensetzung Menschen mit Grausen erfüllen würde.

Die Olle Lilli las vor: „Also, wir brauchen zwei Prisen zerkaute Hasenkacke, zwei Messerspitzen verfaulten Apfel, einen Teelöffel

Biberpipi, zerstampfte Elefantenrüssel, einen Riegel Marzipan ..."

„Iiiiih, Marzipan!", entsetzte sich Tiziana und schüttelte angewidert den Kopf.

„Nun sei mal nicht so pingelig, meine Liebe", sagte die Olle Lilli und las weiter. „Zerlaufene Pinguinaugen, Sternschnuppensalz ... Hast du alles?"

Tiziana, die selbstverständlich alle Zutaten am Aussehen erkennen konnte, wie sich das für jede echte Hexe gehörte, lud sich die Arme voller kleiner Fläschchen. „Die zerlaufenen Pinguinaugen finde ich nicht ... Ach, da sind sie ja!"

Tiziana brachte alles an den Tisch. Das Wasser kochte und die Olle Lilli trat an den Schrank und holte dort ein schwarzes, längliches Kästchen heraus. Sie öffnete es vorsichtig und darin lag ein in Samt eingeschlagener Zauberstab. Er glitzerte in allen Regenbogenfarben.

Tiziana schaute ehrfürchtig auf diesen Stab, den nur sehr wenige alte und erfahrene Hexen besaßen. Er war sicher schon viele tausend Jahre alt. Um ihn zu besitzen, musste man schwerste Hexenprüfungen in der Walpurgisnacht bestehen.

„Du bist Besitzerin des Hexenstabes", flüsterte Tiziana heiser, weil ihr die Stimme versagte.

Die Olle Lilli nahm den Stab heraus und im gleichen Moment begann er, aus sich selbst heraus zu leuchten. Es war, als ob um sie herum unzählige kleine Sterne kreisten. Mehr und mehr schien sich die Olle Lilli aufzulösen in dieser Sternenwolke. Sie näherte sich dem Kessel auf dem Ofen. Friedwart, Umbra und die beiden Ratten schauten aufmerksam und ein bisschen ängstlich auf das Geschehen dort in der Küche.

Die Olle Lilli murmelte tausend Jahre alte Hexensprüche, die nie ein menschliches Ohr erreichen. Sie ergriff Tizianas Hand und nun begann auch die kleine Hexe zu leuchten. Sie summten eine geheimnisvolle Melodie, schwangen ihre Beine höher und höher, bis sie gar nicht mehr den Boden berührten, lachten dabei, tanzten, drehten sich um sich selbst, während die Olle Lilli immer wieder von den Zutaten in das brodelnde Wasser gab.

Schließlich griff die alte Hexe an ein Amulett, das an einer Kette um ihren Hals hing, öffnete es und entnahm ihm eine kleine Prise Hexenpulver. Mit einem Schrei streute sie es in den Kessel. Im gleichen Moment begann es darin zu blubbern und zu zischen. Eine weiße, schleimige Flüssigkeit stand bis zum Kesselrand und drohte überzulaufen. Doch plötzlich verstummten die beiden Hexen und im gleichen Moment beruhigte sich auch der Hexensud im Kessel. Der Spuk war vorbei.

Erschöpft sanken sie auf die Stühle am Tisch.

„Ich wusste gar nicht mehr, wie anstrengend das Hexen sein kann", sagte die Olle Lilli schnaufend. „Ich werde doch langsam zu alt."

„Eine Hexe ist nie zu alt", sagte Tiziana stolz. „Und du erst recht nicht!"

Die Olle Lilli lächelte. „So, nun müssen wir warten, bis der Hexentrank abgekühlt ist und dann werden wir ihn auch ausprobieren."

„Au ja!", jauchzte Tiziana und klatschte in die Hände.

Umbra schaute Friedwart an, der wie alle Tiere in der kleinen Hütte dem wundersamen Schauspiel aufmerksam gefolgt war.

Auch wenn sie alle Hexentiere waren, ein Hexentanz war für sie kein alltägliches Ereignis.

„Es riecht ein bisschen streng, findest du nicht?", sagte Umbra an Friedwart gerichtet.

„Mmh", sagte Friedwart vorsichtig. Auch er fand den Geruch von kochendem Biberpipi und zerlaufenen Pinguinaugen nicht so angenehm. Mit Bedauern dachte er an das Marzipan, das er gerne selbst vernascht hätte.

„Sollen wir einen kleinen Rundflug machen?", fragte Umbra plötzlich. „Ich könnte dir ein bisschen die Gegend zeigen. Na?"

Friedwart saß da und starrte Umbra mit offenem Schnabel an. Endlich fand er seine Stimme wieder.

„Ich soll mit einer Eule einen Ausflug machen?"

„Warum nicht?", fragte Umbra zurück. „Oder hast du was gegen Eulen?"

„Nein, nein! Das wollte ich damit nicht sagen", krächzte Friedwart verlegen. „Aber eine Eule und ein Rabe?"

„Du meinst, die Tiere würden über uns reden?" Umbra schloss beide Augen und öffnete sie wieder. „Lass sie doch reden!"

Sie blickte nun Friedwart aus halb geschlossenen Augen an und sagte: „Vögeln wie uns sollte es doch egal sein, was so eine schnatternde Gans oder irgendeine Schnepfe auf dem Teich sagt. Oder findest du das Geschimpfe der Rohrspatzen irgendwie wichtig?"

„Nein, nein!", beeilte sich Friedwart zu erwidern. „Ich meine nur ... äh, ... ich bin noch nie mit einer Eule ..."

„Dann wird es aber Zeit. Also los!"

„Nun stell dich nicht so an, Friedwart", mischte sich Tiziana ein. „Ein bisschen Abwechslung kann dir nicht schaden. Immer nur unter Hexen und Menschen, das ist auch nichts für einen anständigen Raben!"

„Vielleicht zeigt dir Umbra ein paar Felder, auf denen du herumpicken kannst ...", ergänzte die Olle Lilli.

„Ich bin doch kein Feld-, Wald- und Wiesenrabe!", empörte sich Friedwart. „Ich bin ein Hexenrabe und picke nicht auf den Feldern herum. Ich esse Marmeladenbrote."

Friedwart reckte den Hals und wandte sich beleidigt ab. „Also gut, Umbra", sagte er plötzlich zu der Eule, „fliegen wir ein bisschen aus. Ich scheine hier sowieso nicht erwünscht zu sein."

Tiziana sprang auf und stürzte sich auf den verdutzten Raben. Sie packte ihn an den Flügeln und drückte ihn an ihre Brust.

„Du kleiner, spinnerter Rabe, du kleines Abziehbild von einem Adler! Du bist mein Ein und Alles! Und das weißt du! Also häng hier nicht so rum, sondern flieg mit Umbra durch die Gegend. Dann kannst du endlich mal jemand anderen als mich vollquatschen. Die Olle Lilli und ich können auch etwas Ruhe gebrauchen."

Tiziana ließ Friedwart wieder los, der verdattert sein Gefieder aufplusterte.

Umbra flatterte von ihrer Stange an der Wand auf und rief: „Komm, Kleiner! Ich zeige dir meinen Lieblingsbaum!" Sie glitt durch die Türe und wartete nicht mehr auf eine Antwort.

Friedwart seufzte und flog hinterher. Dabei rief er: „Wenn ich nicht wiederkomme, dann hat mich dieser augenzusammenkneifende Raubvogel wahrscheinlich verspeist. Also, lebt wohl!"

Tiziana und die Olle Lilli ließen sich erschöpft in die schweren Sessel fallen.

„Was würden wir Hexen nur ohne unsere seltsamen Vögel tun?", meinte die Olle Lilli.

„Ja ja, wir hätten gar nichts mehr zu lachen", ergänzte Tiziana und grinste. „Aber ich wüsste schon zu gerne, was die beiden so reden, wenn sie allein sind."

Kapitel 11

Umbras
Geschichte

Friedwart hatte Mühe, mit Umbra auf gleicher Höhe zu fliegen. So schwerfällig die Eule auf ihrer Stange in der Hütte wirkte, so majestätisch und kraftvoll glitt sie mühelos durch den Abendhimmel.

„Kö... kön... k... können wir etwas la... langsamer ... flie...gen, bitte?", japste Friedwart.

Umbra wandte langsam und bedächtig ihren Kopf in Friedwarts Richtung. Ein leises Lächeln huschte über ihr Gesicht. Dann sagte sie: „Ihr Raben seid wohl eher für die kurzen Strecken gebaut, sozusagen von Vogelscheuche zu Vogelscheuche!" Umbra lachte mit kehliger Stimme, verlangsamte aber gleichzeitig ihr Tempo. Friedwart sagte lieber gar nichts. Immer noch war er misstrauisch. Er hatte wenig Gutes gehört von Raben, die sich mit Eulen trafen. Schließlich waren Eulen Raubvögel und man tat auch als Rabe gut daran, das nicht zu vergessen.

Sie überquerten große Stoppelfelder.

„Hier mache ich mir zuweilen das Vergnügen, eine Maus zu jagen", sagte Umbra und deutete unter sich. „Aber erst, wenn es dämmrig ist. Das ist meine Zeit." Sie flogen eine Weile schweigend nebeneinander her. Plötzlich sagte Umbra: „Mein Lieblingsbaum ist eine alte Rotbuche. Sie steht mitten auf einer Hangwiese und man kann aus ihrem Wipfel heraus wunderbar weit in alle Richtungen schauen. Sie ist ganz in der Nähe."

Friedwart seufzte vor Erleichterung. Seine Flügelschläge waren inzwischen immer schwerfälliger geworden und er brauchte dringend eine Pause.

„Jetzt im Herbst leuchtet sie wunderschön", sagte Umbra.

„Wer?"

„Die Rotbuche", sagte Umbra und deutete nach vorne.

Es war ein mächtiger, einsamer Baum mit einem Stamm, den zu umringen es sicher eines ganzen Rabenschwarmes bedurft hätte. Friedwart und Umbra landeten weit oben im Wipfel. Die Sonne war fast untergegangen und der wolkenlose Himmel schimmerte rot und violett.

Schweigend saßen Friedwart und Umbra nebeneinander auf einem der starken Äste und bestaunten, wie das nachlassende Licht den Himmel von einem hellen zu einem königlich-dunklen Blau verfärbte. Welch ein herrlicher Anblick.

Friedwart spürte, wie die ganze Aufregung der letzten Tage mit der untergehenden Sonne hinter dem Horizont verschwand. Er seufzte laut und wohlig.

„Ein schönes Plätzchen, nicht wahr?", sagte Umbra leise.

Friedwart schaute sie an und nickte nur. Er musste daran denken, wie er früher mit den anderen Raben in den Bäumen gesessen hatte. Es war immer ein heilloses Gekrächze gewesen, da Raben bekanntlich sehr geschwätzig sind. In einem Baum zu sitzen, zu schweigen und die untergehende Sonne zu betrachten, das war für Friedwart etwas völlig Neues.

Und wenn die anderen Raben auch noch erführen, dass neben ihm friedlich eine Eule saß ... Er wollte sich das Geschrei gar nicht vorstellen. Dann fiel ihm etwas ein. „Sag mal, was macht eigentlich eine Eule in der Stadt? Wieso wohnst du in einem Haus, statt im Wald?"

Umbra betrachtete weiterhin den Horizont, während sie zu erzählen begann: „Ich habe ja nicht immer in der Stadt gewohnt. Vor vielen Jahren, als ich noch eine junge, kräftige und ausdauernde Eule war, lebte ich im Wald des Großen Merlins ..."

„Du kennst den Ort, wo der Große Hexenmeister lebt?", fragte Friedwart ehrfürchtig.

„Nicht nur das, ich war auch sein Bote. Der Große Merlin lässt nur die schnellsten und zuverlässigsten Eulen für sich Botendienste machen. Und ich darf in aller Bescheidenheit sagen", sie streckte ihre gefiederte Brust heraus, „dass ich einer der schnellsten und zuverlässigsten Boten war."

Friedwart war sprachlos. Diese Eule war Bote des Großen Merlins gewesen, des Herrschers über alle Zauberer und Hexen.

Der Große Merlin verfügte über alle Zauber- und Hexenkräfte. Keiner war mächtiger als er. Ein gütiger Herrscher war er, aber auch ein strenger.

„Erzähl weiter!", sagte Friedwart atemlos.

„Nun", fuhr Umbra fort und man konnte den Stolz in ihrer Stimme hören, „irgendwann wurde der Merlin auf mich aufmerksam. Ich sollte ein wichtiges Hexenrezept, das durch eine Schlamperei in der Hexenküche nicht rechtzeitig fertig geworden war, zum Zaubererkongress nach Transsylvanien fliegen. Für diese Strecke benötigt man viele Tage. Ich musste ohne Pause fliegen. Mit letzter Kraft erreichte ich den Kongress genau zur Eröffnung. Ich hörte nur noch den Applaus der anwesenden Oberzauberer, dann schwanden mir die Sinne und ich brach zusammen."

Umbra machte eine Pause und seufzte.

„Man brachte mich Tage später in einer Kutsche, gezogen von acht Einhörnern und gepflegt von den zartesten Elfen, zurück zum Großen Merlin. Für meine Verdienste um die Hexenkunst beförderte er mich zum Oberkurier. Ich brauchte von nun an nicht mehr selbst zu fliegen. Ich war dafür verantwortlich, dass die Post des Merlins pünktlich in alle Gegenden verschickt wurde ..."

„Das muss aber wirklich ein wichtiges Hexenrezept gewesen sein", warf Friedwart ein, „dass dich der Große Merlin so belohnt."

Umbra schmunzelte. „Willst du wissen, welches Hexenrezept es war?"

„Nun mach's nicht so spannend!", erwiderte Friedwart und wippte von einer Kralle auf die andere. „Sag's schon!"

„Es war das Rezept, mit dem man Raben das Sprechen beibringt."

Friedwart starrte sie mit offenem Schnabel an.

Umbra schaute kurz mit unbeweglichem Gesicht zurück, dann brach es aus ihr heraus. Sie musste so lachen, dass sie Mühe hatte, sich auf dem Ast zu halten.

Irgendwann, Friedwart kam es ewig vor, beruhigte sich Umbra langsam wieder und legte einen Flügel um Friedwart. Der Rabe machte sich steif.

„Entschuldige, Friedwart, aber da ist es mit mir durchgegangen." Wieder musste sie unterbrechen, da sie ein Lachanfall schüttelte. „Das war natürlich ein Scherz, aber kannst du dir vorstellen, dass ich Geheimnisse des Großen Merlins einfach so herausposaunen darf? Im nächsten Moment wäre ich in eine Fliege verzaubert, die auf der klebrigen Zunge eines hungrigen Chamäleons ihr Leben lässt."

Friedwart schluckte. Natürlich, was hatte er denn gedacht, dass er, ein kleiner Rabe, der irgendwo im Hexenwald bei einer schlampigen Waldhexe lebte, die tiefsten Geheimnisse des Großen Merlins erfahren würde?

„Aber das erklärt noch nicht, wie du zur Ollen Lilli gekommen bist", fiel Friedwart ein, der nur noch ein ganz kleines bisschen eingeschnappt war wegen Umbras Scherz.

„Tja", sagte Umbra, die ein paarmal tief Luft holen musste, um nach den Lachanfällen wieder zu Atem zu kommen, „das ist eine andere Geschichte. Willst du sie hören?"

Friedwart nickte nur, fügte aber etwas hämisch hinzu: „Wenn du sie überhaupt erzählen darfst, ohne in ein kleines Kriechtier verwandelt zu werden."

Umbra schaute Friedwart an, lächelte und sagte: „Nein, nein! Diese Geschichte hat mit dem Großen Merlin nichts zu tun."

Sie machte eine Pause, dann begann sie: „Eines Morgens, ich hatte nicht viel zu tun, denn der Merlin wollte an diesem Tage keine Post verschicken, saß ich am Fenster im Zauberturm, betrachtete die schöne Landschaft und sang leise vor mich hin ..." Sie hob den Schnabel und machte leise „Uhu, Uhu, Uhu".

„Du kannst singen?", fragte Friedwart erstaunt.

„Nun ja, ich selbst bin nicht so überzeugt von meiner Stimme, aber schöner als das Gekrächze der Raben ist es allemal."

„Du bist eine überhebliche, unverschämte Eule, Umbra", sagte Friedwart.

„Ach Friedwart, sei doch nicht so pingelig. Ich finde, ich kann überhaupt nicht singen. Davon bin ich überzeugt, aber deshalb ist meine Geschichte ja auch so unglaublich!"

„Nun erzähl schon weiter!"

„Also, ich sang vor mich hin und bemerkte am Horizont, wie sich ein Esel, ein Hund und eine Katze näherten. Traurige Gestalten, stumpfes Fell, ausgehungert. Sie waren ganz offensichtlich nicht mehr die Jüngsten und so dauerte es eine Weile, bis sie auf Hörweite herangekommen waren.

,Du singst aber schön', sagte der Esel zu mir. Ich stutzte. Doch Katze und Hund nickten zustimmend.

Ich fragte: ,Was führt euch in diese Gegend? Ich habe euch noch nie hier gesehen.'

,Wir sind auf dem Weg nach Bremen', antwortete die Katze. ,Wir wollen dort Musik machen.'

,Ihr?', fragte ich erstaunt.

,Ja, warum nicht?', sagte der Hund und sie begannen alle auf einmal zu singen. Ich konnte nicht erkennen, ob die drei dasselbe Lied sangen, aber sie taten es aus voller Kehle.

,Wir könnten noch einen Sänger gebrauchen. Wie wär's, kommst du mit?', fragte die Katze einschmeichelnd.

Ich überlegte eine Weile. Nun war ich schon so lange Zeit am gleichen Ort gewesen. Es zog mich in die Ferne. Ich wusste, der Merlin würde mich jederzeit gehen lassen, wenn ich es wollte, denn ich war ja ein freier Vogel. Also sagte ich kurz entschlossen zu. Eines Abends kamen wir an eine Hütte, aus der es ganz furchtbar köstlich duftete. Wir hatten alle sehr großen Hunger.

Der Hund schlug vor, etwas zu singen. Vielleicht würden wir als Lohn etwas zu essen bekommen.

Wir begannen zu singen und eine alte Frau trat heraus. Sie sagte: ‚Wer will da zu so später Stunde eine müde Hexe erschrecken?'

Bei dem Wort ‚Hexe' zuckten meine Begleiter zusammen und mit lautem Geschrei – das sich kaum von ihrem Gesang unterschied – traten sie die Flucht an.

Nun stand ich allein auf der Lichtung.

‚Du scheinst aber nicht so ein scheues Vieh zu sein wie deine Kumpane', sagte die Hexe.

Ich stellte mich vor, erzählte, wo ich herkam, und die Hexe lud mich in ihre Hütte ein. An dem Abend hat sie mir zum ersten Mal pürierte Ameisen in Honig gemacht, bis heute mein Lieblingsgericht."

„Die Hexe war die Olle Lilli", sagte Friedwart.

„Du bist ein schlauer Rabe", sagte Umbra anerkennend und lächelte ihn an.

Umbra hatte wirklich ein abwechslungsreiches Leben geführt, dachte Friedwart. Dann fiel ihm etwas anderes ein: „Hast du noch mal was von den Musikern gehört?"

„Oh ja! Sie fanden wohl kurze Zeit später einen Ersatz für mich, einen Hahn. Es geht das Gerücht um, sie hätten vor einem anderen Haus gesungen, mit dem Erfolg, dass diesmal die Bewohner die Flucht ergriffen. Es sollen Räuber gewesen sein. Aber wie gesagt, nur ein Gerücht im Wald ..."

Plötzlich hörten sie ein brummendes Geräusch. Friedwart nahm eine der Blechbüchsen auf Rädern wahr, die er schon zu mehreren in der Stadt gesehen hatte.

„Ein Auto", sagte Umbra erstaunt und hob die Augenbrauen. „Das sieht man hier aber selten."

Das Auto fuhr langsam einen Waldweg entlang.

Da es schon fast dunkel war, konnte Friedwart kaum etwas erkennen. Das Auto hielt an. Zwei Männer stiegen aus.

„Sehr merkwürdig", sagte Umbra. „Sie schauen sich um, als suchten sie jemanden." Aber sie suchten niemanden, denn nun näherten sie sich dem Heck des Autos, öffneten die Klappe und zogen ein weißes, kistenförmiges Ding heraus.

„Was ist das?", fragte Friedwart. „Ich kann nichts erkennen."

Umbra, die natürlich erst im Dunkeln richtig gut sehen konnte, sagte: „Es ist eine Waschmaschine."

„Eine Waschmaschine?", fragte Friedwart neugierig.

„Die Menschen stecken ihre Kleidung hinein und nach einer Weile kommt sie sauber wieder heraus", erklärte Umbra geduldig.

„Klingt wie Hexenzauber. Warum waschen sie denn im Wald?", fragte Friedwart Umbra.

Umbra schaute den Raben von der Seite an und grinste schief.

„Die wollen hier doch keine Wäsche waschen. Sie haben die Maschine in den Wald gebracht, um sie loszuwerden."

„Na, dann können sie auch nicht mehr waschen", sagte Friedwart, während er überlegte, ob Tiziana sie in ihrer Hütte gebrauchen könnte. Aber seines Wissens hatte Tiziana noch nie ihre Kleidung gewaschen.

„Die Maschine ist bestimmt kaputt. Sie ist Müll! Verstehst du? Darüber haben die Olle Lilli und Tiziana doch die ganze Zeit geredet. Die da unten", sie deutete mit der Flügelspitze in die Richtung der Männer, „haben sicherlich schon längst eine neue Waschmaschine in ihrer Wohnung stehen."

Inzwischen hatten die beiden Männer die Maschine aus dem Auto gehoben und am Rand des Weges abgestellt.

Sie schauten sich wieder mehrmals um, gingen dabei zügig zum Auto zurück, stiegen ein und fuhren mit hoher Geschwindigkeit davon.

Die Waschmaschine schimmerte im fahlen Licht des Mondes. Friedwart musste immer auf den hellen weißen Fleck in der Landschaft starren. Der schöne Sonnenuntergang war vergessen. Traurigkeit überkam ihn.

„Fliegen wir zurück", sagte Umbra leise.

Friedwart nickte nur. Langsam erhoben sie sich mit beinahe lautlosen Flügelschlägen in den nachtschwarzen Himmel.

Sie ließen sich Zeit beim Rückflug und hingen beide ihren Gedanken nach. Kein Mensch, der die beiden dort am Abendhimmel beobachtete, hätte geahnt, dass sich ein Rabe und eine Eule fragten, warum die Menschen ihre Kleidung mit einer Maschine sauber halten wollten, aber den Wald mit eben dieser Maschine schmutzig machten. Aber sie wussten auch keine Antwort.

Kapitel 12
Ein Bad für Tiziana

Die Olle Lilli hatte inzwischen eine Waldkräutersuppe mit Kartoffelkäferklößchen gekocht, und nun saßen die junge und die alte Hexe mit ausgestreckten Beinen vor dem Kamin und löffelten die dampfende Brühe.

Den Hexensud hatten sie abkühlen lassen und dann vorsichtig in kleine durchsichtige Karaffen gefüllt. Die Flüssigkeit darin schimmerte in allen Regenbogenfarben und schien immer noch zu blubbern.

„Morgen probieren wir den Hexentrank aus, was meinst du?", fragte die Olle Lilli unternehmungslustig. „Ich kann es kaum erwarten!"

„Ich auch nicht", erwiderte Tiziana.

Doch ihre Gedanken waren woanders. Sie musste immer daran denken, dass sie nicht lesen konnte. Keine Hexenbücher und auch keine Formulare wie in dem Fundbüro. Formulare auszufüllen war ihr eigentlich auch nicht so wichtig. Aber all die Zeitungen und Bücher, die die Menschen im Wald gelassen hatten – was wohl darin stand? Was dachten Menschen? Welche Geschichten liebten sie? All das stand vielleicht in deren Büchern.

„Lilli, ich gehe in die Schule! Gleich morgen früh!"

Tiziana hatte sich, während sie das sagte, im Sessel aufgerichtet und ein bisschen von der Brühe war auf ihr Kleid gekleckert.

„Du willst in die Schule gehen?", fragte die Olle Lilli erstaunt. „Hm. Und dein Müll? Was wird daraus?"

„Den bringe ich morgen Nachmittag zu den Mülltonnen, von denen du erzählt hast."

Die Olle Lilli schaute Tiziana an. Ein sanftes Lächeln huschte über ihr Gesicht. Hatte sie das nicht alles schon einmal erlebt, mit Hans und Grete? Wenn sie den beiden morgens ihre Schulbrote gemacht, einen Kuss gegeben und ihnen an der Türe zugewunken hatte, bis sie um die Straßenecke gebogen waren ... Sie seufzte. Und hatte sie nicht immer wieder mittags aus dem Fenster geschaut, wo sie blieben, ihre beiden Kinder? Und das Tag für Tag. Sollte sich nun mit Tiziana alles wiederholen? Was für eine schöne Vorstellung.

„Warum nicht?", sagte sie zu Tiziana. „Die Schule ist nicht weit. Ein paar Schulsachen habe ich noch von Hans und Grete. Du solltest aber jetzt schlafen. Schule ist manchmal anstrengend."

In diesem Moment flatterten Friedwart und Umbra herein.

„Da seid ihr ja wieder", freute sich die Olle Lilli.

„Und Umbra hat dich nicht aufgefressen, Friedwart?", stellte Tiziana grinsend fest. „Wahrscheinlich hatte sie Angst, du würdest in ihrem Bauch weiterkrächzen." Tiziana lachte so, dass wieder die Suppe in ihrer Schale schwappte.

„Umbra und ich haben einen wunderbaren Ausflug gemacht. Die Gegend außerhalb der Stadt ist wirklich sehenswert."

„Leider konnten wir den herrlichen Sonnenuntergang nicht weiter genießen, da wir von Menschen gestört wurden. Es war wirklich grässlich, nicht wahr, mein lieber Friedwart", sagte Umbra, die wieder auf ihrer Stange saß und dem Raben mit einem Wink bedeutete, sich neben sie zu setzen.

„Ich konnte es nicht glauben, was die Menschen dem Wald antun. Die Augen hätte ich ihnen am liebsten herausgepickt", sagte Friedwart erregt und landete mit zwei Flügelschlägen neben Umbra auf der Stange.

„Nur ruhig, mein Lieber!", beruhigte ihn Umbra mit ihrer warmen Stimme.

„Ja, zum Donnerpups und Schneckenschleim! Was haben die Menschen denn gemacht?", fragte Tiziana ungeduldig. „Würdet ihr uns das endlich verraten?"

Umbra erzählte nun, was sie am Waldrand beobachtet hatten.

Schon bald kam die zu erwartende Frage von Tiziana: „Was ist zum Hexendonner denn eine Waschmaschine?"

„Eine Maschine zum Waschen von Kleidung", sagte die Olle Lilli. „Es ist eine Erfindung der Menschen." Und mit einem Lächeln: „Wer würde sich sonst so etwas Albernes ausdenken?"

„Warum waschen die Menschen ihre Kleidung? Wird sie dadurch wärmer oder wachsen die Risse wieder zu?" Tiziana war einmal mehr sehr erstaunt.

Die Olle Lilli setzte ihre Suppenschüssel ab und sagte: „Als Hans und Grete erst ein paar Tage in die Schule gingen, kamen sie beide eines Mittags weinend nach Hause. Es dauerte lange, bis ich sie genug getröstet hatte und erfuhr, warum sie so traurig waren. Die anderen Kinder der Klasse waren hinter ihnen hergelaufen und hatten unschöne Sachen gerufen, zum Beispiel: ‚Ihr stinkt ja wie ein Klo!', ‚Habt ihr wieder im Misthaufen gebadet?' und andere schlimme Sachen.

Da habe ich begriffen, dass die Nasen der Menschen anders funktionieren als Hexennasen. Gerüche, die wir Hexen mögen, sind für die Menschen unangenehm. Umgekehrt ist es ja auch so. Die Menschen schmieren sich sogar Gerüche an den Hals und waschen sich mit kartoffelähnlichen schmierigen Klötzchen, die das Wasser schäumen lassen. Sie nennen es Seife. Du würdest fluchtartig die Hütte verlassen, wenn du so einen Duft in die Nase bekämest."

Nun erinnerte sich Tiziana auch wieder, dass der Junge in dem Kaufhaus gesagt hatte, Tiziana stinke. Sie hatte nicht gewusst, was das bedeutete. Sicherlich hatte auch Thomas Rumpelstilzchen ihren Geruch nicht angenehm gefunden.

„Was hast du dann getan?", fragte Tiziana die Olle Lilli.

„Na, ich habe Hans und Grete gewaschen. Schließlich wollte ich nicht, dass die anderen Kinder sie ärgerten. Andererseits konnte ich ja auch nichts daran machen, dass die Menschen eine so komische Nase haben."

„Also, wenn man in die Schule gehen will, um lesen zu lernen, muss man sich waschen, meinst du?", fragte Tiziana und verzog angewidert das Gesicht.

Die Olle Lilli nickte mit dem Kopf. „Dich und deine Kleidung!" Sie lachte. „Und es könnte auch nicht schaden, wenn du deine Haare wäschst und mit einem Kamm bearbeitest. Äh, willst du immer noch in die Schule gehen?"

Statt einer Antwort sprang Tiziana auf, warf ihre Arme in die Höhe und rief: „Schule, ich komme! Und ich werde alle Wörter in meinen Kopf schütten, bis ich sie lesen kann! Aber vorher werde ich mich waschen. Ein einmaliges Ereignis! Ich lade alle ein, dabei zu sein, wenn sich Tiziana Fidelia Rigoletta Furiosa zum ersten Mal in ihrem Hexenleben wäscht!"

Die Olle Lilli hatte ein Bad einlaufen lassen und Tiziana setzte sich kurz entschlossen mit ihrer Kleidung hinein. „Dann kann ich mich und die Kleider gleichzeitig waschen. Das ist doch praktisch, oder?"

Die Olle Lilli nahm einen Kessel, füllte ihn mit warmem Wasser und schüttete es Tiziana über den Kopf.

„Mal sehen, welche Haarfarbe du hast ...“

Sie lachte schallend, als Tiziana prustete und schrie: „Ich ertrinke! Ich ertrinke!"

„Na, eher wirst du von dem dreckigen Wasser vergiftet", meinte Friedwart. Er und Umbra waren den beiden Hexen in das Badezimmer gefolgt und hatten ihren Spaß beim Zuschauen. „Das Wasser ist jetzt schon schwärzer als meine Federn."

„Wir könnten auch mal baden gehen", sagte Umbra und schaute Friedwart an. Der blickte hektisch zwischen der Badewanne und Umbra hin und her, krächzte heiser etwas Unverständliches und beließ es dabei.

Nachdem die Olle Lilli noch zweimal das Wasser erneuert hatte, war Tiziana sauber. Die alte Hexe gab ihr ein paar ihrer Kleider –

Tizianas waren ja nun nass – und bürstete ihre Haare. Doch sie waren voller jahrhundertealter Knoten. Tiziana schrie, als habe man sie in den kochenden Hexensud gesetzt.

„Schrei nicht so, sonst rufen die Nachbarn die Polizei!", schimpfte die Olle Lilli.

„Dann reiß mir nicht die Haare aus!", schimpfte Tiziana zurück.

Nachdem die Olle Lilli Tizianas Haare unter lautstarkem Protest weiter ausgebürstet und einige Knoten sogar mit einer Schere herausgeschnitten hatte, betrachtete sich Tiziana im Spiegel.

Friedwart erwartete einen Schrei, doch der kam nicht. Tiziana stand vor dem Spiegel und starrte hinein, als suche sie etwas darin.

Ja, sie suchte sich selbst, denn sie konnte sich kaum erkennen. Dort stand ein kleines, braves Mädchen. Es war nicht von Menschenkindern zu unterscheiden. Ihr Kleid war bunt und fröhlich und hing in leichten Falten an ihr herab. Das Haar hatte ihr die Olle Lilli hinten zu einem Pferdeschwanz zusammengebunden. Ihr Gesicht schien Tiziana so weiß wie der Schnee. Hatte es nicht vor kurzem noch die Farbe des Waldbodens gehabt?

„Bin das wirklich ich?", fragte sie leise und schüchtern.

„Das ist eine saubere, kleine Hexe mit dem Namen Tiziana, ja", antwortete die Olle Lilli sanft. „Gefällst du dir ein bisschen?"

Statt einer Antwort starrte Tiziana weiter in den Spiegel, hob die Schultern, verzog ihr Gesicht zu einer Grimasse und – lachte, laut und schrill, bis alle, die Olle Lilli, Umbra und Friedwart in das Gelächter einstimmten.

Kapitel 13

Besendienst

T homas stellte die Schultasche ab und ließ sich auf seinen Stuhl fallen. Er gähnte. Gestern Abend hatte er bis tief in die Nacht am Fenster gesessen und in den Himmel geschaut, in der Hoffnung, die kleine Hexe zu sehen. Doch alles, was er entdeckt hatte, waren ein paar Vögel gewesen. Er glaubte sogar, eine Eule ausgemacht zu haben. Das war in dieser Gegend schon etwas Besonderes. Er gähnte wieder und legte den Kopf auf seinen Arm.

„Ich wünsche eine gute Nacht", sagte Karl, warf die Schultasche unter die Bank und haute seinem Freund auf die Schulter.

„Lass mich! Ich bin müde!" Wie zur Bestätigung gähnte Thomas noch einmal.

„Da ist aber jemand nicht ausgeschlafen", sagte Herr Heiligenfeld, der an ihren Tisch gekommen war, und lächelte freundlich. „Zu lange in den Fernseher geguckt, was?"

„Nein, nein, Herr Heiligenfeld", sagte Karl. „Thomas guckt neuerdings viel lieber in den Himmel."

Thomas warf Karl einen bösen Blick zu.

„Ach, Karl, bevor ich es vergesse, du hast Besendienst. Kehre bitte nach der letzten Stunde die Klasse, ja!"

Karl verdrehte die Augen, sagte aber brav: „Na klar, Herr Heiligenfeld."

Der Lehrer wandte sich an die Klasse und sagte: „Wir fangen an!" Die Kinder räumten ihre Sachen in die Regale und setzten sich erwartungsvoll an ihre Plätze. Herr Heiligenfeld stellte sich vor die Klasse und sie sangen zur Begrüßung ein Lied.

Plötzlich ging die Türe auf und die Schulleiterin betrat den Raum. Schräg hinter ihr stand ein Mädchen. Es schaute mit großen Augen auf die Kinder, die ihrerseits sie anstarrten.

Als das Lied beendet war, sagte die Schulleiterin: „Guten Morgen, Herr Heiligenfeld. Sie haben eine neue Schülerin. Sie heißt Tiziana", und zu Tiziana gewandt: „Das ist Herr Heiligenfeld, dein neuer Lehrer. Ich hoffe, du wirst dich wohlfühlen bei uns." Sie lächelte Tiziana an, reichte Herrn Heiligenfeld einen kleinen Zettel, warf ihm dabei einen Blick zu und verließ den Raum.

Als das neue Mädchen in der Türe stand, hatte Thomas kurz das Gefühl, es irgendwo schon einmal gesehen zu haben.

Als aber die Schulleiterin ihren Namen sagte, konnte er es kaum glauben. Sein Herz schlug ihm bis zum Hals. Ja, das war Tiziana, die kleine Hexe aus der Garage. An ihrem Blick und ihren Augen erkannte er sie. Ansonsten sah sie völlig anders aus. ‚Irgendwie gar nicht wie eine Hexe‘, dachte er.

„Hallo, Tiziana!", sagte Herr Heiligenfeld und zeigte ihr einen freien Platz neben Jenny. „Dort kannst du erst einmal sitzen."

Tiziana setzte sich auf den Stuhl. Sie hatte Thomas immer noch nicht bemerkt, obwohl der sie mit offenem Mund anstarrte.

Er beobachtete, wie Tiziana abwechselnd ihre Nachbarin musterte und den Raum in Augenschein nahm. Während Herr Heiligenfeld den Kindern den Tagesablauf erläuterte, sah Thomas, dass die kleine Hexe inzwischen angestrengt in eine Ecke des Raumes starrte. Er folgte ihrem Blick, konnte aber nichts Besonderes entdecken. Dort war das Wasserbecken, daneben hing ein Handtuch, darunter standen die Mülleimer für Papier, Plastik und Restmüll. Außerdem hingen noch Besen und Kehrblech an einem Haken.

Er wandte seinen Blick wieder Tiziana zu und in diesem Moment hatte sie ihn entdeckt. Sie bekam große Augen, dann lächelte sie ihn an und winkte kurz. Thomas war vor Aufregung wie gelähmt. Er lächelte nicht zurück, er winkte nicht zurück, er glotzte einfach nur. Vielleicht hatte sie ihn verhext, dachte er kurz und deshalb konnte er sich nicht rühren. Endlich gewann er wieder seine Fassung und schaffte ein Lächeln. Gestern Nacht hatte er seine Hoffnung fast aufgegeben, sie wiederzusehen, und nun saß sie nur ein paar Tische entfernt in seiner Klasse.

„Können wir das neue Mädchen nicht erst ein bisschen was fragen?", meldete sich Melanie.

Herr Heiligenfeld kratzte sich am Kinn. „Mmh", machte er. „Tja, fragen wir mal Tiziana, ob ihr das recht ist." Er schaute Tiziana an und sagte: „Die Kinder würden gerne etwas über dich erfahren, glaube ich. Was hältst du davon, wenn wir uns in den Kreis setzen und ein bisschen erzählen? Natürlich kannst du uns auch Fragen stellen. So lernen wir uns ein wenig kennen."

Tiziana hatte aufmerksam zugehört, dann zuckte sie mit den Schultern und nickte.

„Na, prima", sagte Herr Heiligenfeld.

Kurze Zeit später saßen sie im Kreis. Alle Kinder starrten gebannt auf Tiziana.

Thomas fragte sich, ob sie diese Idee wirklich so toll fand. Was würden die Kinder sie fragen und vor allem: Was würde Tiziana antworten?

„Wie alt bist du?", fragte Jenny.

Tiziana schürzte die Lippen, starrte kurz an die Zimmerdecke, zog die Schultern hoch und sagte: „Ich weiß nicht genau."

Die Kinder stutzten kurz, dann lachten sie.

„Oh, sag es uns nur ungefähr! Das reicht schon!", rief Karl dazwischen. Die Kinder lachten wieder.

„Also ich schätze, so um die 400 Jahre."

Augenblicklich brach die Klasse in Gebrüll aus. Einige rutschten vor lauter Übermut von ihren Stühlen.

Herr Heiligenfeld musste ein paar Ermahnungen aussprechen. Endlich wurde es wieder ruhiger.

„Du musst nur Fragen beantworten, die du auch beantworten willst", sagte Herr Heiligenfeld einfühlsam zu Tiziana, weil er dachte, ihr wäre es vielleicht peinlich, wenn die Kinder erführen, das sie älter war als die meisten Kinder in der Klasse und noch nicht lesen konnte. Das hatte nämlich auf dem kleinen Zettel gestanden, den die Schulleiterin ihm zugesteckt hatte.

Tiziana schaute Herrn Heiligenfeld unsicher an. Sie hatte doch ihr Alter gesagt, wenn auch nur ungefähr, denn sie wusste es wirklich nicht genauer. Aber sicher musste man Fragen in der Schule immer ganz genau beantworten, wenn man etwas lernen wollte. „Quatsch! Kein Mensch kann so alt werden!", sagte ein anderes Kind.
„Wer hat gesagt, dass ich ein Mensch bin?", entgegnete Tiziana und schaute das Mädchen freundlich an.
Augenblicklich brüllten die Kinder los. Einige Jungs rutschten wieder von den Stühlen. Diesmal brauchte Herr Heiligenfeld erheblich länger, um die Klasse zur Ruhe zu bringen. Doch nach einigen Strafandrohungen wurde es endlich leiser.
„Tiziana, ich glaube, du möchtest gar keine Fragen beantworten", sagte Herr Heiligenfeld nun. „Besser, wir machen mit dem Unterricht weiter."
Tiziana nickte. Das war ihr nur recht. Schließlich war sie ja zum Lesenlernen in die Schule gekommen und nicht zum Fragenbeantworten.
Während sie auf die Plätze zurückgingen, raunte Karl Thomas zu: „Das ist ja 'ne komische Tante, die Neue, was?", und stieß Thomas in die Seite. Doch statt ihm zuzustimmen, brummte Thomas nur. Karl rollte mit den Augen. Sein Freund war einfach nicht ganz in Ordnung. Früher wären von ihm Bemerkungen wie ‚Die gucken wir uns in der Pause mal genauer an, haha!' oder so gekommen. Karl wandte sich ab.
Nun sollten die Kinder das Gedicht aufsagen, das sie zu Hause auswendig gelernt hatten.
Tiziana schaute ratlos. Was waren Gedichte? Doch dann meldete sich ein Mädchen und stellte sich vor die Klasse: „Septembermorgen, von Eduard Mörike." Es zupfte an seinem Pullover.

„Im Nebel ruhet noch die Welt,
noch träumen Wald und Wiesen ...“

„Nur die Gnömchen sind schon wach und fangen an zu niesen ...“, ergänzte Tiziana.

Die Kinder lachten wieder und man konnte Herrn Heiligenfeld ansehen, dass er sich nur mit Mühe beherrschte, um nicht zu schimpfen. Er warf Tiziana einen scharfen Blick zu, den sie aber nicht bemerkte.

Das Mädchen räusperte sich, schaute unsicher zu seinem Lehrer, der ihm zunickte und es fuhr fort:

„Bald siehst du, wenn der Schleier fällt ...“

„... wie's Gnömchen sich die Nase hält!“, dichtete Tiziana weiter.

„Herr Heiligenfeld, ich kann das Gedicht nicht aufsagen“, sagte das Mädchen, während die anderen Kinder grölten, „wenn die Neue dauernd dazwischenquatscht!“

„Tiziana, wenn Kinder etwas sagen, wäre es schön, wenn du zuhören würdest! Wenn du redest, werden die anderen Kinder auch leise sein!“ Herrn Heiligenfelds Stimme klang jetzt deutlich gereizt.

„Entschuldigen Sie, Herr Heiligenfeld“, sagte Tiziana, „aber ich weiß gar nicht, was ein Gedicht ist. Ich habe nur gedacht, wenn ich etwas weiß, dann sage ich es auch. Und mir war ja etwas eingefallen.“

Herr Heiligenfeld schaute verdutzt. Er konnte sich kaum vorstellen, dass jemand nicht wusste, was ein Gedicht war. Aber es war deutlich zu spüren, dass das neue Mädchen meinte, was es sagte. Jedenfalls schien es keinen Ärger machen zu wollen.

„Mmh“, machte Herr Heiligenfeld, weil er nicht so genau wusste, was zu tun war.

„Warum machen wir nicht mit unserer Müllaktion weiter?“, fragte Jenny.

‚Müllaktion?‘, dachte Tiziana. Was war das nun wieder? „Was ist eine Müllaktion?“, fragte Tiziana, natürlich ohne sich zu melden.

Das Mädchen, das das Gedicht hatte vortragen wollen, setzte sich wieder auf den Platz. Herr Heiligenfeld warf ihr einen aufmunternden Blick zu. Dann wandte er sich an die Klasse: „Wer erklärt Tiziana mal, womit wir uns gerade beschäftigen?"

Tiziana bemerkte, dass die Kinder, wenn sie etwas sagen wollten, mit einem Arm in der Luft wedelten. Eins von diesen Kindern wurde dann von Herrn Heiligenfeld aufgerufen. Alle Kinder machten das, nur nicht Herr Heiligenfeld selbst.

„Dann erkläre es ihr mal, Jenny", sagte Herr Heiligenfeld.

„Also, wir lernen im Moment alles über Müll ...", begann Jenny.

„Was kann man denn über den Müll lernen?", fragte Tiziana überrascht. Natürlich hatte sie vergessen, ihren Arm in die Luft zu recken.

„Eine ganze Menge", sagte Herr Heiligenfeld. „Aber lass Jenny doch erst einmal zu Ende erklären."

Das war eine komische Schule, fand Tiziana. Sie war ja jetzt schon ziemlich lange hier und sie hatte immer noch nicht lesen gelernt. Wenn das so weiterging, würde sie es in ein paar hundert Jahren noch nicht können.

„Wir haben gelernt", fuhr Jenny fort, „dass es Müll gibt, der wieder zu Erde wird, zum Beispiel Kartoffelschalen oder Eierschalen ..."

Das wusste Tiziana schon, so lange sie im Wald lebte – also schon immer. Sie begann sich zu langweilen.

„... und es gibt Müll, den kann man wiederverwenden, zum Beispiel Papier. Das haben wir selbst probiert. Wir haben aus Zeitungspapier neue Blätter zum Schreiben gepresst."

‚Na toll! Und wann schreiben wir endlich darauf?', fragte sich Tiziana und trommelte mit den Fingern auf ihrem Tisch.

„... und es gibt Müll, den kann man nur noch vergraben. Wir haben gesehen, wie viel Müll die Menschen täglich machen und dass es wichtig ist, dass die Menschen so wenig Müll wie möglich machen."

‚Holla! Das war ja geradezu unglaublich!'

Konnte es sein, dass bei den Menschen die Kinder schlauer waren als die Erwachsenen?, überlegte Tiziana. Es schien fast so. Sollte sie auch von ihrem Müll erzählen? Aber Herr Heiligenfeld hatte sie ja gebeten, Jenny erzählen zu lassen. „... die großen Müllmengen zerstören unsere Welt und wir haben uns überlegt, wir müssen was machen. Und deshalb machen wir jetzt eine Müllaktion."

„Ich weiß immer noch nicht, was eine Müllaktion ist", sagte Tiziana und sie hatte immerhin einen Arm vorher in die Höhe gereckt, aber vergessen zu warten, bis sie Herr Heiligenfeld drannahm.

„Danke, Jenny! Wer will einmal erzählen, was diese Müllaktion ist?", fragte Herr Heiligenfeld.

Er nickte Thomas zu.

„Wir gehen morgen in den Wald", begann dieser. „Allen Müll, den wir finden, sammeln wir auf, packen ihn in Tüten und bringen ihn zur Mülldeponie. Es kommt sogar ein Mann von der Zeitung und schreibt alles auf, was wir machen. Er hat gesagt, wir sollen ein gutes Beispiel sein und den Menschen, die den Wald voll Müll schmeißen, damit ein schlechtes Gewissen machen."

Tiziana konnte es nicht glauben. „Dann habe ich auch schon so eine Müllaktion gemacht", sagte sie und schaute dabei Thomas an.

„In der Schule, wo du vorher warst?", fragte Herr Heiligenfeld neugierig.

„Nee, im Wald", antwortete Tiziana wahrheitsgemäß.

„Ja sicher", sagte Herr Heiligenfeld geduldig. „Ich meine, ich wollte wissen, mit wem du die Aktion gemacht hast!"

„Mit Friedwart", antwortete sie.

„Wer ist Friedwart?"

„Mein Ra ... äh, mein Freund."

„Wie seid ihr denn auf diese tolle Idee gekommen?", fragte Herr Heiligenfeld beeindruckt.

„Zuerst haben wir die Sachen ja eher gesammelt", sagte Tiziana. „Wir dachten, wir könnten sie mal gebrauchen. Aber die ganze

Unordnung ist mir irgendwann auf die Nerven gegangen und ich hatte auch keinen Platz mehr in meiner Hütte."

„Ihr habt alles aufbewahrt?"

„Ja, wenn sie wollen, kann ich es Ihnen zeigen. Der ganze Kram steht jetzt bei der Ollen Lilli, weil ich bisher nicht wusste, wie ich ihn loswerden konnte."

„Und wer ist die Olle Lilli?", fragte Karl dazwischen.

„Bei der wohne ich im Moment."

Melanie schnippte mit dem Finger. „Tizianas Müll könnten wir doch gleich mitnehmen, morgen. Dann ist sie die Sachen los."

„Ja sicher! Warum nicht?", sagte Herr Heiligenfeld.

In diesem Moment klingelte irgendwo schnell und schrill eine Glocke. Tiziana schrak zusammen. Die anderen Kinder reagierten aber gar nicht, bis Herr Heiligenfeld sagte: „Frühstückspause!"

Die Kinder packten ihre Schulsachen weg und holten kleine Dosen aus ihren Taschen. Darin erkannte Tiziana Brote, Möhren, Apfelstücke, Schokolade und andere ekelhafte Sachen, die die Menschen aßen.

„Hast du nichts zu essen mit?", fragte Jenny, die neben ihr saß.

„Ich?", schreckte Tiziana auf. „Nein, ich ... nein", stotterte sie.

Jenny nahm ein Brot, von dem die Marmelade tropfte, in die Hand und hielt es Tiziana hin. „Hier nimm! Ich habe genug zu essen mit."

Tiziana glotzte das Brot an. Es war offensichtlich ein nettes Angebot von Jenny. Doch die Vorstellung, in ein Marmeladenbrot zu beißen, ließ sie schaudern. Nur, wie sollte sie das Jenny erklären? Der Zufall kam ihr zu Hilfe.

„Ey, Jenny, gibst du mir dein Marmeladenbrot?", rief Melanie dazwischen. „Ich habe einen Riesenkohldampf und mein Brot vergessen."

Melanie kam herüber zu Jennys Tisch.

„Gib ihr nur das Brot. Ich habe heute Morgen gut gefrühstückt", sagte Tiziana zu Jenny und lächelte.

Melanie griff gierig nach dem Brot und biss hinein. Mit vollem Mund sagte sie zu Tiziana: „Du kannst aber toll dichten! Richtig lustig, deine Reime zu dem Gedicht eben."

„Danke", sagte Tiziana. Sie konnte den Kindern schlecht erzählen, dass es für jede Hexe selbstverständlich war zu reimen, sonst hätte sie ja nicht zaubern können.

„Kennst du auch ein Gedicht?", fragte Jenny.

Inzwischen waren immer mehr Kinder zu Tiziana an den Tisch gekommen. Sie waren neugierig auf die Neue. Auch Thomas und Karl standen dabei.

Tiziana schaute Melanie an, wie sie das Brot aß, wobei immer wieder Tröpfchen Marmelade auf ihre Hose fielen.

Dann begann sie:

> Es war einmal ein Mädchen,
> das aß ein Brot ganz munter.
> Doch passte es nicht auf,
> da fiel es ihr herunter.

Im gleichen Moment landete das Marmeladenbrot, mit der Marmeladenseite zuerst, auf Melanies linkem Oberschenkel.

„Super!", sagte Jenny und lachte. Sie sagte es aber zu Melanie. „Du bist wirklich ein kleiner Tollpatsch!"

Die anderen Kinder lachten.

„Das kam genau an der richtigen Stelle!", sagte Karl zu Tiziana.

„Habt ihr das vorher geprobt?", fragte ein anderes Kind.

„Seid ihr bescheuert!", meinte Melanie und rannte zum Waschbecken, wo sie begann, ihre Hose mit einem Papiertuch zu säubern. Dabei fluchte sie.

„Ich glaube, das war nicht nett mit dem Marmeladenbrot", sagte Tiziana leicht verlegen. Ihre kleinen Hexenscherze waren vielleicht in der Menschenwelt auch nicht so lustig wie sie dachte.

„Da kannst du doch nichts für!", sagte Jenny. „Aber vielleicht wäre es besser gewesen, wenn du das Brot gegessen hättest, als dass es sich Melanie aufs Bein schmiert."

„Hat einer Lust, Besendienst für mich zu machen?", fragte Karl in die Runde.

Tiziana horchte auf. Besendienst? Mit Besen kannte sie sich aus. Vielleicht konnte sie sich hier nützlich machen.

„Ist der Besen kaputt, oder was?", fragte Tiziana Karl. Der glotzte verblüfft. „Nee, wieso?"

„Na, du hast doch vom Besendienst gesprochen", erwiderte Tiziana.

„Weißt du nicht, was man mit einem Besen macht?", fragte Jenny verblüfft.

„Natürlich weiß ich, was man mit einem Besen macht!" Tiziana hatte ihre Stimme erhoben. „Meinst du, ich sähe zum ersten Mal einen Besen? Was glaubst du, woher ich komme?"

„Aus dem Wald, hast du doch gesagt", meinte ein anderes Kind.

„Im Wald hat sicher jeder einen Besen", sagte Karl. Alle lachten.

„Ich habe jedenfalls einen", sagte Tiziana und schaute dabei Thomas ins Gesicht. Der wurde rot.

„Tja, wir haben nur einen einzigen Besen für die ganze Klasse", sagte Melanie schnippisch, die ihre Säuberung am Bein beendet hatte. Auf der Hose war nun ein kreisrunder, nasser Fleck.

„Also, was ist jetzt?", fragte Karl. „Willst du meinen Besendienst übernehmen oder nicht?"

„Na schön!", sagte Tiziana. „Und was soll ich machen?" Karl war aufgestanden und hatte den Besen geholt. Jetzt wusste Thomas auch, warum Tiziana am Anfang der Stunde so interessiert in die Ecke geschaut hatte, weil dort der Besen stand. Karl zeigte übertrieben deutlich auf den Besen, hob den Zeigefinger, um anzudeuten, Tiziana solle gut aufpassen, und begann, unter den Tischen zu fegen.

„Was machst du denn mit dem Besen?", schrie Tiziana auf.

Alle starrten sie verblüfft an. „Was machst du denn mit einem Besen?", äffte sie Melanie nach. „Vielleicht darauf reiten?" Die Kinder brachen in Gelächter aus.

Tiziana wollte gerade antworten, als Thomas ihr ins Wort fiel und sagte: „Tiziana, ich helfe dir bei deinem ersten Besendienst!" Dabei schaute er ihr so eindringlich in die Augen, dass sie verstand, sie solle nichts mehr sagen. Sie nickte nur.

Am Ende des Schultages, an dem sie immer noch kein einziges Wort gelesen hatte, tat Tiziana etwas Unglaubliches: Sie fegte einen Klassenraum mit einem Besen. Tiziana Fidelia Rigoletta Furiosa war nur heilfroh, dass ihr keine andere Hexe dabei zusah, denn es war ihr unendlich peinlich.

Kapitel 14

Hexenwerk

Tiziana schlurfte zur Türe herein und ließ sich in den nächsten Sessel fallen.

Die Olle Lilli, die sich gerade am Herd zu schaffen machte, schaute kurz auf und sagte: „Ganz schön anstrengend, die Schule, nicht wahr?"

Tiziana brummte vor sich hin: „Der reinste Hexenkessel, könnte man sagen!"

„Kannst du jetzt lesen?", fragte Friedwart. Er saß wieder neben Umbra auf der Stange.

„Lesen? Ha!" Tiziana setzte sich auf. Zu der Ollen Lilli gewandt, sagte sie: „Den ganzen Morgen habe ich in dieser Schule verbracht, aber lesen habe ich nicht gelernt. Nicht ein Wort!" Tiziana machte eine Pause und raufte die Haare. „Weißt du, was wir gemacht haben? Die meiste Zeit haben wir 'rumgequatscht. Die Kinder haben Hexensprüche aufgesagt, die aber nicht funktionierten ... Ach übrigens, hast du schon mal von einem Zauberer namens Mörike oder so ähnlich gehört?"

Die Olle Lilli schüttelte den Kopf.

„Na ja, egal! Die Kinder haben mir komische Fragen gestellt. Je ehrlicher ich sie beantwortet habe, umso mehr haben sie gelacht. Das Lachen war überhaupt das Beste in der Schule ..."

„Dann frage ich mich, warum du so dreinblickst, als hättest du in ein Marmeladenbrot gebissen?"

Tiziana schaute die Olle Lilli erstaunt an. Sie kniff die Augen zusammen. „Hast du etwa gelauert, Lilli? Woher weißt du das mit dem Marmeladenbrot?"

„Ich weiß gar nichts von einem Marmeladenbrot. Nun erzähl schon!"

Tiziana erzählte von Melanie und ihrem ‚Missgeschick'.

„In der Schule gibt es Marmeladenbrote?", unterbrach sie Friedwart. Er nölte: „Ich will auch in die Schule!"

„Da bist du genau richtig, Friedwart", entgegnete Tiziana. „Aber ich fürchte, du wirst einen Haufen Ärger bekommen, weil du immer dazwischenquatschst, so wie jetzt. In der Schule kann man nämlich nicht einfach was sagen, wenn man will. Das entscheidet der Lehrer."

Friedwart konnte man ansehen, wie die Begeisterung für die Schule wieder nachließ.

„Und weißt du, was die in der Schule mit Besen machen?", fragte Tiziana nun die Olle Lilli mit erregter Stimme.

Sie stand jetzt fast in dem Sessel.

„Sie werden kaum darauf geritten sein", sagte die Olle Lilli gleichgültig.

Tizianas Stimme überschlug sich. „Sie fegen damit die Klasse!"

„Was?", krächzte Friedwart so laut, dass Umbra ein Auge öffnete, „Sch!" machte und im gleichen Moment schon wieder eingeschlafen war.

„Mein liebes kleines Hexenschnäuzchen", sagte die Olle Lilli, während sie die Hände an einem Handtuch abtrocknete und sich in den Sessel neben Tiziana fallen ließ, „wenn man eine saubere Hütte oder ein sauberes Klassenzimmer haben will, dann muss man ab und zu fegen. Wie, glaubst du, halte ich diesen Raum hier so sauber?"

Tiziana schaute mit offenem Mund abwechselnd zwischen dem Boden und der Ollen Lilli hin und her. Sie zog ihre Augenbrauen hoch, machte „Hm" und kratzte sich die sauber gekämmten Haare, die nun aber wieder etwas strubbeliger aussahen. „Du kehrst mit deinem Hexenbesen? Wenn das der Merlin erfährt!"

„Ach, mein kleiner Zauberschreck, ich putze doch nicht mit einem Hexenbesen. Ich nehme einen Besen von den Menschen.

Die sind zu nichts anderem zu gebrauchen als zum Fegen. Fliegen kann man mit denen sowieso nicht."

Das wusste Tiziana ja schon längst, da sie mit Thomas gemeinsam gefegt hatte. Es war ihr aber immer noch etwas peinlich und sie verschwieg es der Ollen Lilli. Sie begriff, warum Thomas sie davon abgehalten hatte, den Kindern zu erzählen, was sie mit einem Besen tat. Er hatte gewusst, dass das für die anderen Kinder nicht zu verstehen gewesen wäre.

„Das Essen ist fertig", sagte die Olle Lilli und riss Tiziana aus ihren Gedanken. Sie setzten sich an den Tisch und Tiziana stocherte lustlos in ihrem Weinbergschneckengulasch. Statt zu essen, erzählte sie der Ollen Lilli von dem Müllprojekt der Kinder und dass sie sogar den Müll von Tiziana mitnehmen wollten.

„Dann werde ich den Krempel wohl doch noch los." Sie grinste.

Die Olle Lilli hielt inne. „Heißt das, wir haben die Hexentinktur ganz umsonst gehext?" In Lillis Stimme schwang Enttäuschung mit. Tiziana legte die Gabel hin und sagte: „Ach ja, das Hexenmittel ..." Sie verzog den Mund und dachte nach. „Ach was, das probieren wir noch aus. Ich bin ja auch neugierig. Und je mehr Müll wir verhexen, umso weniger haben wir morgen mit den Kindern aufzusammeln. Vielleicht lerne ich dann endlich lesen ..."

„Ja, gleich nach dem Essen fliegen wir los!" Die beiden strahlten sich an. Nun aß auch Tiziana mit Appetit. Einmal wieder einen Ausflug in den Hexenwald zu machen und zu hexen, das war eine Vorstellung, so recht nach Hexenart.

Die Olle Lilli und Tiziana glitten über die Baumwipfel des Hexenwaldes. Friedwart flog mal neben, mal unter oder über ihnen. Er genoss es, herumzuflattern. Umbra war in der Hütte geblieben. Es war nicht ihre Art, am helllichten Tage Ausflüge zu unternehmen. Tag und Nacht, die beiden Ratten, saßen nebeneinander auf dem vorderen Rand von Lillis Hutkrempe und ließen sich den Wind durchs Fell wehen.

Es war ein Herbsttag, wie ihn Menschen und Hexen gleicherma-
ßen lieben. Die Sonne schien von einem strahlend blauen Himmel,
an dem kein Wölkchen zu sehen war. Die Baumwipfel zeigten die
schönsten Rot- und Gelbtöne. Nur wenige Bäume hatten ihr Laub
schon abgeworfen.

„Wir müssen an den Waldrändern Ausschau halten", sagte Tiziana. Sie musste wegen des Flugwindes ihre Stimme erheben,
damit die Olle Lilli sie auch verstand.

Kurze Zeit später wies Friedwart mit dem Flügel auf eine Lichtung
unter ihnen.

„Was ist das?", fragte die Olle Lilli, die die Augen zusammen-
gekniffen hatte.

„Eine Waschmaschine!", sagte Friedwart.

„Ach, so sieht eine Waschmaschine aus?", fragte Tiziana erstaunt.

In einem weiten Bogen landeten sie neben der Maschine auf der
Lichtung. „Das ist die Maschine von den Männern, die Umbra und
ich in der Nacht gesehen haben." Friedwart wies auf einen Baum
inmitten der Felder. „Seht ihr die Rotbuche? Von dort haben wir
beobachtet, wie die Menschen sie in den Wald gebracht haben."

„Na, bald wird dieses hässliche Ding nicht mehr den Wald ver-
drecken", sagte die Olle Lilli und kicherte schrill.

Sie zog ein Fläschchen unter ihrem Umhang hervor, schaute Tiziana bedeutungsvoll an, öffnete vorsichtig den Verschluss und man
konnte erkennen, dass die schleimige Flüssigkeit inzwischen zu
einem grünen Pulver geworden war.

Friedwart setzte sich in sicherer Entfernung erwartungsvoll auf
einen Ast, um das Schauspiel zu verfolgen. Es war nicht ratsam,
dem Zauber zu nahe zu kommen. Er wollte nicht versehentlich
auch in einen Dornenbusch verhext werden.

Tiziana war eine ganz einfache Hexe ohne Hexenprüfung. Sie
konnte Dinge verschwinden lassen oder an einen anderen Ort
hexen. Aber wenn man etwas verändern wollte, zum Beispiel

eine Waschmaschine in einen Dornenbusch oder auch Raben in Nebelkrähen, dann musste man in die Hexenschule des Großen Merlins gehen und eine Hexenprüfung in der Walpurgisnacht ablegen. Bestand man die Prüfung, bekam man das große Hexenbuch. Wollte man jedoch Hexenmeisterin werden, wie die Olle Lilli eine war, dann waren die Prüfungen unendlich schwer und man musste sie vor dem Großen Merlin persönlich ablegen. Als Zeugnis der bestandenen Prüfung – die nur wenige Hexen schafften – bekam man von dem Großen Merlin den Hexenstab überreicht. Tiziana hatte vor der Ollen Lilli noch nie eine Hexenmeisterin kennengelernt.

Die Olle Lilli nahm nun eine kleine Prise des Hexenpulvers zwischen zwei Finger, tanzte um die Waschmaschine herum und rief mit schriller Stimme:

Zauberkräfte, Hexengeist,
Merlins Diener, kommt gereist.
Blitz und Donner seien mein,
kehrt in meinen Willen ein.

Gleichzeitig hatte die Olle Lilli das Pulver auf die Maschine gestreut. Ein heller Blitz loderte kürzer als eine Sekunde auf. Dann war der Spuk vorbei.

Die Olle Lilli, Tiziana und Friedwart starrten auf die Stelle, an der noch vor einem Moment die Waschmaschine gestanden hatte. Nun war die Stelle leer. Wo war der Busch? Wo waren die Dornen und der Gestank und wo die roten Blüten?

„Oh!", machte Tiziana nur.

Die Olle Lilli kratzte sich am Kinn. Hier stimmte doch was nicht.

„Der Müll ist jedenfalls verschwunden", sagte Friedwart nach einer Weile und er hatte recht. Die Idee mit dem Busch war sicherlich ganz nett, aber ihr Ziel, den Müll aus dem Wald zu entfernen, hatte Erfolg gehabt.

„Was ist da nur schiefgelaufen?", fragte die Olle Lilli laut. „Vielleicht habe ich im Hexenbuch irgendetwas überlesen. Wahrscheinlich muss ich mir doch endlich eine Brille anschaffen ...“

„Ach, Lilli", sagte Tiziana und legte den Arm auf ihre Schulter, „Friedwart hat recht. Hauptsache ist, die Maschine ist weg. Wir lassen jetzt so lange Müll verschwinden, bis das Pulver aufgebraucht ist. Wer weiß, vielleicht ist dann der Wald schon sauber. Was glaubst du, wie die Kinder staunen werden, wenn sie morgen gar keinen Müll im Wald finden?" Sie musste plötzlich über einen Gedanken lachen. „Vielleicht denken die Kinder noch, es war der Heinz mit seinen Männchen!"

Nun musste auch die Olle Lilli lachen. „Solange sie nicht denken, es sei Hexenwerk, soll mir das egal sein!"

Wieder lachten sie, packten dabei ihre Besen und säuberten auf ihre Hexenart den Wald, bis kein einziges Schokoladenpapierchen mehr zu finden war.

Einmal fanden sie auf einer Lichtung eine größere Menge Müll: Bretter, Stühle, Tücher und anderes. Alles lösten sie mit Zauberkraft auf.

Irgendwann war das gesamte Hexenpulver aufgebraucht und die Olle Lilli mahnte zum Aufbruch.

„Ich freue mich auf einen heißen Schleimbeuteltee, was meinst du?"

Es begann langsam zu dämmern, als sie schweigend ihren Heimflug antraten. Der kalte Herbstwind pfiff durch ihre Kleider. Der Gedanke, am Kamin zu sitzen und heißen Tee zu trinken, ließ sie schneller fliegen. Friedwart hatte Mühe, das Tempo mitzuhalten. Durchgefroren landeten sie auf der Terrasse.

Als sie die Hütte betraten, war Umbra fort.

Kapitel 15

Das Geheimversteck

Karl war stinksauer auf seinen Freund. Wütend kickte er einen Stein vor sich her. Er konnte sich nicht mehr daran erinnern, wann er das letzte Mal ohne Thomas von der Schule nach Hause gegangen war. Aber sein Freund hatte sich sehr verändert.

Alles hatte mit jenem Fußballspiel begonnen. Da hatte Thomas angefangen zu spinnen. Was Karl für kurzfristige Aussetzer gehalten hatte, war leider dauerhafte Blödheit geworden.

Er hatte lange zu seinem Freund gehalten, aber heute in der Schule, das war dann doch zu viel gewesen. Wie der sich an die Neue rangeschmissen hatte ... Ekelhaft! ‚Tiziana, ich helfe dir bei deinem ersten Besendienst!' Thomas musste doch gemerkt haben, dass er die Neue auf den Arm nehmen wollte, als er ihr den Besendienst anbot. Wieso hatte er nicht mitgemacht? Es gab nur zwei Erklärungen: Entweder Thomas war verliebt oder bekloppt – was aufs Gleiche herauskam.

Nun hatte er den Stein zu fest geschossen und er war unter einem Auto gelandet. Karl überlegte. Zu Hause war um diese Zeit keiner und er war noch viel zu wütend und enttäuscht, um sich die Dose Ravioli, die seine Mutter ihm heute Morgen auf den Küchentisch gestellt hatte, warm zu machen. Ihm war überhaupt der Appetit vergangen. Wie sollte einer Ravioli essen, wenn er seinen besten Freund verloren hatte? Karl ging am Haus seiner Eltern vorbei.

Und dass Thomas nach der Schule zu ihm gesagt hatte: ‚Warte auf mich! Wir gehen zusammen!', das war die absolute Wahnsinnsunverschämtheit. Als wäre nichts gewesen. Als wäre alles völlig normal. ‚Geh doch mit der Neuen!', hatte er seinen Exfreund angebrüllt. ‚Geht doch zusammen putzen!', und dann hatte er sich, ohne eine Reaktion abzuwarten, umgedreht. Jetzt konnte der auch mal sehen, wie es ohne Freund war ... Karl fand sich am Waldrand wieder. Er hatte vor lauter Wut gar nicht gemerkt, wohin ihn seine Schritte trugen. Es gab im Wald einen Platz, den nur er und Thomas kannten. Ihr Geheimversteck.

Hier trafen sie sich manchmal nach der Schule. Gemeinsam hatten sie davon geträumt, dort einmal zu übernachten. Mit Schlafsäcken und Chips und Limo. Aber die Eltern würden es nie erlauben. Sie hatten sich ein richtiges Lager gebaut, mit Sachen, die sie bei Streifzügen im Wald fanden.

‚Schau mal, der Campingstuhl hier! Den kann man doch brauchen!', hörte er in der Erinnerung Thomas sagen. Sie schleppten ihn zu dem Geheimversteck, genauso wie einen Küchenhocker. Aus einem Ofenblech und zwei blauen Plastiktonnen bauten sie einen Tisch. Alte verwaschene Tücher spannten sie zwischen die Bäume als Wände und aus ein paar alten Latten und Kistenbrettern entstand ein halbes Dach. In einer Astgabel klemmte eine alte Einkaufstasche mit kariertem Aufdruck, in der sie Süßigkeiten versteckten.

Nun hatte Karl den Geheimplatz fast erreicht. Einen kurzen Moment lang überlegte er, was wäre, wenn er dort Thomas träfe. Er bog ein paar Zweige am Weg beiseite und stand auf der Lichtung. Wo war ihre Hütte? Verdutzt drehte er sich um. War er versehentlich falsch vom Weg abgebogen? Ausgeschlossen! Aber hier war nichts. Die Stühle, die Tonnen, das Blech, die Tücher, der alte Kinderwagen, den sie zuletzt gefunden hatten und den sie noch zu einem Auto umbauen wollten: alles weg. Mit langsamen Schritten näherte sich Karl der Stelle, die einmal ihr Geheimplatz gewesen war. Wo waren die Sachen? Sollte diesen Krempel jemand geklaut haben? Das war doch lächerlich! Wer klaute schon Müll?

Vielleicht waren es die Jungs aus der Siedlung, mit denen sie manchmal Ärger hatten. Blödsinn! Die hätten vielleicht alles kaputt gemacht, weil sie eben bescheuert waren. Aber die hätten doch nicht die Sachen mitgenommen. Dazu waren die viel zu faul. Aber Karl konnte grübeln, wie er wollte. Die Sachen waren weg – ihm fiel die Tasche mit den Süßigkeiten in der Astgabel ein. Er schaute nach. Auch weg.

Müde setzte er sich auf einen Baumstamm, den sie einmal als Bank dorthin gerollt hatten. Da sie ja jetzt keine Freunde mehr waren, war es eigentlich sowieso egal, was aus ihrem Geheimplatz geworden war, überlegte Karl. Er kramte in der Hosentasche nach einem Schokoriegel, riss das Papier auf und biss hinein. Er war nun doch hungrig geworden. Schnell aß er den ganzen Riegel auf, warf gedankenverloren das Papier auf den Boden und stand auf.

Plötzlich hielt er inne. Er schaute auf die Stelle, wohin er gerade das Papierchen geworfen hatte. Ein Kribbeln ging durch seinen Körper. Wo war das Papierchen? Er scharrte mit dem Schuh an der Stelle, wo es eigentlich liegen musste. Nichts!

War er im Begriff, verrückt zu werden? Wie Thomas? War das vielleicht ansteckend? Aber der hatte ja was am Himmel gesehen, was es gar nicht gab. Und er sah etwas am Boden nicht, was es gerade eben noch gegeben hatte. Also sozusagen umgekehrt. Er lachte laut und erschrak vor sich selbst.

Langsam entfernte er sich rückwärts gehend von dem Geheimversteck und behielt dabei die Stelle, an der er das Papierchen hatte fallen lassen, im Auge. Als der Abstand größer geworden war, drehte er sich blitzschnell um und rannte aus dem Wald. Er hörte erst auf zu laufen, als er zu Hause war. Völlig außer Atem schloss er die Tür auf. Seine Mutter war schon da.

„Was hast du für einen roten Kopf? Wo kommst du her? Hast du was gegessen?", fragte sie ihren Sohn.

Karl konnte nicht antworten, weil er noch nach Luft japste. Er ging in sein Zimmer. Der Appetit auf Ravioli war ihm sowieso vergangen.

Kapitel 16

Gestank

Wie kann man bei dem schönen Wetter in der Bude hocken?", fragte Thomas' Mutter.

Thomas lag auf dem Bett und starrte an die Decke. Seine Mutter war nun schon zum zweiten Mal in sein Zimmer gekommen. Und immer noch lag ihr Sohn auf seinem Bett und starrte die Zimmerdecke an. Sie seufzte. Immerhin hatte er nicht aus dem Fenster in den Himmel gestiert wie letztens, als sie hereinkam.

„Na, was ist?", fragte seine Mutter wieder.

„Mmh", machte Thomas.

„War's anstrengend in der Schule?"

„Mmh."

„Habt ihr die Mathearbeit geschrieben?"

„Mmh mmh."

„Gab es sonst was Besonderes?"

„Mmh." Thomas hob ganz leicht die Schultern.

„Aha." Seine Mutter atmete laut. „Willst du mir nicht sagen, was los war?"

Thomas kannte seine Mutter gut genug, um zu wissen, dass es zwecklos war zu warten, bis sie die Lust an der Fragerei verlor und ihn in Ruhe ließ. Und wollte er überhaupt in Ruhe gelassen werden? Nein, eigentlich nicht. Der Krach mit Karl verursachte bei ihm ein hohles Gefühl im Bauch.

„Ich hab Streit mit Karl", sagte er endlich.

„Worüber denn?", fragte seine Mutter und war sichtlich erleichtert, dass ihr Sohn mit ihr sprach.

„Ach, wegen Tiziana."

„Kenne ich nicht. Wer ist das?"

„Die Neue bei uns."

„Und ihr findet sie beide nett und deshalb habt ihr Krach." Seine Mutter legte den Kopf schief.

„Oh Gott!", stöhnte Thomas. Seine Mutter dachte, sie wären in Tiziana verliebt.

„Quatsch!", sagte er nur.

„Also was?"

„Karl hat dem neuen Mädchen seinen Besendienst aufgedrückt und ich hab ihr dann dabei geholfen. Darüber ist Karl sauer."

Er schaute seine Mutter unsicher an.

„Wieso ist Karl sauer, wenn du dem Mädchen hilfst? Das verstehe ich nicht."

„Er wollte sie auf den Arm nehmen ... Sie hat immer so komische Sachen gemacht und gesagt. Sie wusste gar nicht, was man mit einem Besen macht."

„Oh", sagte die Mutter und runzelte die Stirn. „Dann war es vielleicht gar keine schlechte Idee von Karl, sie fegen zu lassen. Da hat sie was dazugelernt."

Es entstand eine Pause. „Geh doch hin und sprich mit ihm", sagte seine Mutter sanft. „Vielleicht wartet er schon darauf, dass du kommst und hofft, dass du dich traust."

„Ich weiß nicht."

„Vielleicht geht es ihm jetzt wie dir."

Thomas schaute seine Mutter an. Konnte es sein, dass Karl sich wieder mit ihm vertragen wollte?

Seine Mutter legte ihre Hände auf seine Schultern. „Geh zu ihm und redet miteinander. Na los!"

Thomas schaute an seiner Mutter vorbei.

Dann nickte er.

Zügig machte er sich auf den Weg. Sollte er Karl erzählen, dass Tiziana das Mädchen mit dem Besen aus der Garage war? Dann würde er sicher verstehen, warum Thomas ihr geholfen hatte. Aber es konnte auch sein, dass Karl ihn dann für komplett bescheuert hielt. ‚Ach, du hast ihr beim Besendienst geholfen, damit sie dich nachher auf ihrem Besen nach Hause fliegt!', würde er sagen oder etwas Ähnliches.

Nein, er hatte ja sogar Tiziana davon abgehalten, den Kindern zu erzählen, dass sie eine Hexe ist. Und ihm würde das auch keiner glauben.

Es war schon etwas dämmrig. Die Tage wurden nun deutlich kürzer. Wo wohnte eigentlich Tiziana? Von einer Ollen Lilli hatte er noch nie gehört. War das ihre Tante oder ihre Mutter? Ach nein! Sie wusste ja nicht, was Eltern waren. Also hatte sie keine Mutter ... Und natürlich auch keine Tante. Vielleicht war die Olle Lilli auch eine Hexe oder es gab gar keine Olle Lilli. War sowieso ein komischer Name.

Er klingelte an Karls Haustür. Karls Mutter öffnete und ließ ihn hinein. Thomas war nervös. Sein Herz schlug so heftig, dass es bis in seine Ohren hämmerte. Er betrat Karls Zimmer. Der saß an seinem Schreibtisch und baute irgendwas mit Legosteinen.

„Hi", sagte Thomas und dann musste er schlucken wegen des Gestanks im Zimmer.

Karl drehte sich herum und sagte nur: „Du?"

‚Auch Karl scheint angespannt zu sein', dachte Thomas. ‚Er hat einen knallroten Kopf.'

Er schaute sich im Zimmer um. Was stank hier nur so fürchterlich? Er trat dennoch näher und stellte sich neben den Tisch. Der Gestank ging ganz offensichtlich von Karl aus. So hatte der aber noch nie gestunken. Irgendwie so faulig. Warum wusch er sich nicht? Roch er das nicht selbst? Aber er konnte ihm das im Moment schlecht sagen. ‚Hallo, Karl, ich finde du solltest mal duschen und danach können wir uns ja wieder vertragen.' Ausgeschlossen!

„Irgendwie ist das heute blöd gelaufen", sagte Thomas stattdessen. Er hätte gerne das Fenster aufgerissen.

„Schon gut", sagte Karl nur.

‚Schon gut? War das alles?', dachte Thomas. „Bist du nicht mehr sauer?", fragte er zur Sicherheit nach.

„Quatsch!", sagte Karl. „War nicht nett von mir, dass ich die Neue ärgern wollte. Man sollte überhaupt keine Mädchen ärgern."

„Was redest du denn da?", fragte Thomas verdutzt. „Bist du krank?"

„Unser Geheimplatz ist leer", sagte Karl unvermittelt.

„Was? Wieso?"

„Das weiß ich auch nicht. Ich war heute Mittag da. Alles weg. Die Stühle, der Tisch, sogar die Tasche."

„Wer kann das denn gewesen sein?", fragte Thomas.

Karl zuckte mit den Schultern. „Ich glaube nicht, dass es die Jungs aus der Siedlung waren. Aber eine Erklärung habe ich auch nicht. Irgendwie geht es da nicht mit rechten Dingen zu in diesem Wald."

Thomas war froh, dass Karl nicht mehr sauer war.

„Sag mal, bist du im Wald vielleicht in irgendwas reingetreten? Ich würde gern mal das Fenster aufmachen."

Karl schaute Thomas an und nickte zum Fenster hin. Thomas fiel auf, dass Karl immer noch den roten Kopf hatte. Vielleicht war er wirklich krank. Fieber oder so. Thomas öffnete das Fenster. Herrlich, die frische Luft.

Karl schaute auf seine Füße hinunter und Thomas folgte dem Blick. Er hatte keine Schuhe an.

„Morgen, wenn wir im Wald den Müll sammeln, sehe ich mir den Platz mal an", sagte Thomas.

„Vielleicht hat ja einer aus unserer Klasse schon heute damit angefangen", sagte Karl und grinste.

„Womit angefangen?"

„Na, den Müll einzusammeln. – Und derjenige hat in seiner Arbeitswut unsere ganze Hütte weggeräumt."

„Vielleicht Melanie", sagte Thomas und beide lachten laut. Melanie war eine richtige kleine Dreckschleuder, stinkfaul und bestimmt nicht jemand, der vorher schon in den Wald rannte, um ihn zu säubern.

Plötzlich fragte Karl: „Suchst du eigentlich immer noch am Himmel nach Hexen und so Sachen?"

Thomas schaute ihn verdutzt an. Warum fragte er das plötzlich? Thomas überlegte. Seit diesem Erlebnis hatte die Freundschaft mit Karl gelitten. Wenn er wollte, dass es mit Karl wieder besser klappte, sollte er das Thema Hexen einfach gar nicht mehr mit ihm besprechen.

„Ach, diesen Quatsch! Nee! Wieso?", sagte Thomas. „Übrigens, ich muss wieder los. Es ist schon spät. Ich wollte ja nur kurz mit dir ..."

Karl winkte ab. „Okay, bis morgen früh dann."

Thomas ging und Karl saß mit leerem Blick an seinem Schreibtisch. Er sah immer nur das fallende Schokoladenpapierchen vor sich. Egal, wie diese Sache weiterging, er würde wahrscheinlich nie mehr ein Schokoladenpapierchen auf die Erde werfen.

Kapitel 17

Die Stimme
in der Tasche

I ch mache mir langsam Sorgen um Umbra", sagte die Olle Lilli und schaute zum – wie es Tiziana schien – hundertsten Mal durch das kleine Fenster nach draußen. Die Sonne versteckte sich hinter grauschwarzen Wolken und die Wiese in Lillis Garten war noch nass von dem nächtlichen Regen.

Tiziana hatte es endlich geschafft, ein Feuer im Ofen zu entfachen, und sagte: „Umbra ist eine alte, erfahrene Eule. Sie kann doch mal eine Nacht wegbleiben." Sie gähnte vor Müdigkeit. Gerne wäre sie noch länger im Bett liegengeblieben, aber sie hatte sich nun mal entschieden, in die Schule zu gehen.

Die Olle Lilli seufzte und setzte zwei Schalen mit Würmerpüree auf den Tisch. Sie aßen schweigend. Friedwart saß auf Umbras Stange und überlegte, wo seine Freundin sein konnte. Aber er war genauso ratlos wie die Olle Lilli.

„Das ist es ja", sagte die Olle Lilli nun, „Umbra ist schon alt. Vielleicht hat sie sich verflogen oder sie hat einen Düsenjet nicht gesehen. Man hört ja heutzutage so schreckliche Sachen."

Tiziana wusste nicht mehr, wie sie die Olle Lilli trösten sollte. Ihr Hexengefühl sagte ihr, dass Umbra nichts passiert war, aber auch ein Hexengefühl war keine sichere Sache.

„Vielleicht sind auch irgendwelche Sänger vorbeigekommen und haben Umbra überredet, mitzukommen. Vielleicht ist sie auf dem Weg nach Bremen oder Hamburg oder sonst wohin."

Friedwart hörte die Sorge in der Stimme der alten Hexe, aber auch er glaubte nicht, dass Umbra ihr Zuhause bei der Ollen Lilli verlassen hatte. Umbra fühlte sich bei ihr wohl. Sie würde immer wieder zurückkehren. Umbra war eine Nachrichten-Eule. Sie konnte ausdauernd auch große Strecken fliegen. Sicher würde sie schon bald wieder auf ihren majestätischen Schwingen in die Hütte gleiten. Friedwart atmete laut. Ja, er vermisste die Freundin. Nun schaute er auch aus dem Fenster.

Auf dem Schulhof entdeckte Tiziana Jenny und Melanie. Sie standen bei Herrn Heiligenfeld, der mit einem Mann sprach, den Tiziana nicht kannte. Etwas abseits spielten Karl, Thomas und einige andere Jungs mit einem Tennisball Fußball.

‚Karl scheint sich sehr anzustrengen‘, dachte Tiziana. ‚Er hat einen knallroten Kopf.‘

„Hi, Tiziana!“, sagte Melanie.

Tiziana lächelte. Sie bemerkte, dass auf Melanies Hose immer noch ein Rest von dem Marmeladenfleck zu sehen war. Ihre Haare hatten heute Morgen auch bestimmt keine Bürste aushalten müssen, so strubbelig, wie sie in alle Richtungen abstanden. Anscheinend waren doch nicht alle Kinder so sauber und ordentlich, wie die Olle Lilli meinte.

„Willst du uns nicht mal wieder was dichten?“, fragte Jenny.

„Später vielleicht“, antwortete Tiziana. „Wer ist der da?“ Sie deutete auf den Mann neben Herrn Heiligenfeld. Er trug eine schwarze Tasche um den Hals, aus der eine Schnur zu einem gurkenähnlichen Gerät in seiner Hand führte.

‚Der Mann hat genauso einen roten Kopf wie Karl, obwohl der nicht einem Tennisball hinterherhechtet‘, dachte Tiziana.

„Das ist der Reporter von der Zeitung“, sagte Melanie verschwörerisch.

„Und was hat der da in der Hand?“, fragte Tiziana.

„Ein Mikrofon“, sagte Jenny, schaute Tiziana an und schüttelte den Kopf.

Gerne hätte Tiziana gefragt, was ein Mikrofon sei, aber sie traute sich nicht. Hoffentlich war es nicht gefährlich! Sie beschloss jedenfalls, auf dieses Ding zu achten und möglichst nicht in seine Nähe zu kommen.

„Der Typ stinkt", sagte Jenny und rümpfte die Nase.

„Du bist vielleicht pingelig", meckerte Melanie.

Herr Heiligenfeld hob die Hand.

‚Aha', dachte Tiziana. Vielleicht wollte er etwas sagen. Die anderen Kinder näherten sich. Die Jungen hatten das Ballspielen beendet. ‚Der arme Herr Heiligenfeld', dachte Tiziana. ‚Keiner nimmt ihn dran.'

„Sie dürfen ruhig was sagen, Herr Heiligenfeld!" sagte Tiziana laut. Die Kinder lachten auf.

„Das ist sehr nett von dir, Tiziana", sagte Herr Heiligenfeld. „Vielen Dank!" Er verzog das Gesicht, als würde er grinsen.

„Leute", sagte er zu den Kindern, „erst mal wünsche ich euch einen Guten Morgen!"

Die Kinder murmelten etwas zurück, was so ähnlich klang wie GuenMon ...

„Das ist Herr Winterhuber vom Mützendorfer Anzeiger." Der Mann lächelte und nickte den Kindern zu. „Das Wetter ist ja heute nicht so toll, aber solange es nicht schneit, werden wir den Müll schon finden. Bildet Gruppen, sagen wir, immer so fünf Kinder. Ihr bekommt jeweils zwei große Mülltüten. Größere Müllteile sammeln wir an einer Stelle und lassen sie später durch den Hausmeister abholen. Die Müllabfuhr kommt dann in die Schule und nimmt alles mit."

Während Herr Heiligenfeld noch Anweisungen gab, hatten die Kinder begonnen, aufeinander zu zeigen oder zu winken. Sie bildeten schon die Gruppen.

Jenny und Melanie hakten sich ein, um zu zeigen, dass sie zusammengehörten.

„Machst du bei uns mit?", fragte Melanie Tiziana. Tiziana nickte.

Plötzlich hörten sie Herrn Heiligenfeld fragen: „So, hat irgendjemand noch keine Gruppe gefunden?"

Er schaute durch die Reihen der Kinder. Thomas und Karl meldeten sich. Herr Heiligenfeld kratzte sich das Kinn.

„Wir sind nur zu dritt", sagte Jenny.

„Bist du verrückt? Was willst du mit den Jungs?", platzte Melanie heraus und stieß Jenny in die Seite.

„Prima, Jenny! Thomas und Karl, ihr könnt hier noch mitmachen", sagte der Lehrer und zeigte auf die Mädchen. „So, dann können wir los. Bleibt zusammen! Wir trennen uns erst in Gruppen, wenn wir im Wald sind."

Die Kinder marschierten mit Herrn Heiligenfeld und Herrn Winterhuber, dem Reporter, an der Spitze los.

„Karlchen, du brauchst doch nicht rot zu werden, wenn du neben einem Mädchen gehst", sagte Melanie und grinste.

„Ich werde nicht rot", sagte Karl schnippisch.

„Dann solltest du mal in den Spiegel gucken", entgegnete Melanie.

„Lass ihn doch", sagte Jenny. „Wir brauchen doch die Jungs! Sonst müssen wir gleich den ganzen Müll alleine schleppen." Die beiden lachten.

Thomas ging etwas abseits von Karl, denn der stank immer noch so schrecklich. Ein Glück, dass sie nun im Freien waren. Im Klassenzimmer wäre es wahrscheinlich nicht auszuhalten gewesen. Warum sich sein Freund nicht wusch, rätselte Thomas. Er trottete neben Tiziana her. Er wollte irgendetwas zu ihr sagen, aber es fiel ihm nichts ein. Dann fragte er plötzlich: „Wie geht es der Krähe?"

„Es ist ein Rabe", sagte Tiziana, ohne Vorwurf. Sie schaute ihn an. „Er vermisst seine Freundin."

„Oh! Und wo ist seine Freundin?", fragte Thomas, weil er nicht wollte, dass sie wieder schweigend nebeneinander hergingen.

„Das wissen wir nicht. Sie ist seit gestern Abend verschwunden. Aber sie kommt sicher bald wieder."

Sie konnten nun schon weiter vorne den Waldrand erkennen.

„Wer ist denn die Freundin?", fragte Thomas weiter.

„Umbra, die Eule von der Ollen Lilli."

„Ach so", antwortete Thomas. Ihm fielen noch mehr Fragen ein, aber Herr Heiligenfeld rief von weiter vorne: „He, ihr Schlafmützen! Geht's auch ein bisschen schneller?"

Thomas und Tiziana waren unmerklich langsamer geworden. Sie schlossen zur Gruppe auf und Herr Heiligenfeld versammelte die Kinder um sich.

„Herr Winterhuber möchte euch ein paar Fragen stellen, bevor wir mit der Müllsuche anfangen."

Er wandte sich an den Reporter, nickte mit dem Kopf und der sagte: „Also, liebe Kinder, ich möchte gerne von euch erfahren, wie ihr auf die Idee gekommen seid, den Wald vom Müll zu befreien."

Er hielt ihnen das Mikro entgegen.

Die Kinder waren aber ein Stück von ihm weggerückt, da er einen unangenehmen Geruch ausströmte. Tiziana bemühte sich um Abstand zu dem seltsamen Ding, das Mikrofon hieß.

‚Der Reporter riecht fast genau wie Karl', dachte Thomas.

„Wir wollen nicht, dass der Müll den Wald kaputt macht", sagte ein Kind.

„Es ist unverantwortlich von den Menschen, den Müll einfach in den Wald zu schütten. Einige Leute sind zu faul, um den Müll in den Abfalleimer zu werfen oder zur Müllverwertung zu bringen", sagte Melanie.

„Aber hat denn nicht jeder mal ein Papierchen im Wald fallen lassen?", fragte Herr Winterhuber kumpelhaft.

Karl merkte, wie ihm unwohl wurde. Immer wieder sah er das Schokoladenpapierchen auf den Boden fallen, wo es sich in Nichts auflöste.

„Ich würde jedenfalls keinen Abfall in den Wald werfen", sagte Karl laut und überzeugt.

„Bravo, Karl! Bravo!", rief Melanie und klatschte Beifall. Die anderen stimmten ein und grinsten.

„Und du?", fragte der Reporter plötzlich an Tiziana gewandt und hielt ihr das Mikrofon dicht vor das Gesicht.

„Warum machst du bei der Müllaktion mit?"

Tiziana wich ein Stück zurück. „I ... ich?", stotterte sie und schaute ängstlich auf das Mikrofon.

„W ... weil ich lesen lernen will ..."

„Was?", fragte der Reporter.

„Äh, ich meine, weil ich in der Schule bin."

Herr Winterhuber zog die Augenbrauen hoch. Das kannte Tiziana noch von dem Pförtner im Rathaus. Solche Gespräche endeten nicht gut. Deshalb sagte sie: „Ich kann ein Gedicht. Soll ich es mal aufsagen?"

„Ja!", riefen die Kinder, denn sie fanden die Fragerei von Herrn Winterhuber langweilig und die Gedichte von Tiziana waren ja bisher immer sehr unterhaltsam gewesen.

„Na, von mir aus", sagte der Reporter etwas unsicher. Tiziana begann:

„Der Heinz und seine Wichte sorgen
für ihren Wald und das Getier.
Sie sind so traurig, denn der Wald,
dem fällt es schwer, das Atmen hier.
Der Wald gehört doch nicht den Menschen,
schimpfen die Wichte Tag für Tag.
Der Müll wird ihren Wald erdrücken,
was keiner von den Wichten mag.
Der Heinz und seine Männer hüten
des Waldes Schönheit, Stolz und Pracht.
Sie wuseln hier, sie wuseln dort,
sie tun's bei Tag, sie tun's bei Nacht.
Kein Menschenauge sah sie je,
kein Licht fiel auf ihr gutes Werk
und deshalb glaubt auch wieder keiner:
Es war der Heinzelmann, der Zwerg.
Drum stört sie nicht bei ihrem Tun

hier überall im Unterholz!
Sie schuften alle ohne Lohn
und sind auf ihren Wald sehr stolz. "

Als Tiziana, die mit ihrer Stimme zuletzt immer leiser geworden war, geendet hatte, brach tosender Beifall aus und ein Kohlmeisenschwarm verließ unter großem Gezeter einen nahen Baumwipfel.

„Super!", kreischte Melanie dazwischen. „Schade nur, dass wir mit unserem Krach die ganzen Wichte vertrieben haben." Sie schaute mit großer Gebärde unter einem Busch nach und zuckte mit den Schultern.

„Tolles Gedicht!", bestätigte auch Herr Heiligenfeld. „Von wem ist das?"

„Nicht vom Meister Mörike, wie das vom Septembermorgen. Ich hab's mir gerade ausgedacht", sagte Tiziana.

Herr Heiligenfeld schaute noch verblüffter drein, wollte etwas erwidern, überlegte es sich aber dann anders.

„Hoffentlich habe ich das gut drauf", sagte der Reporter und drückte einige Tasten auf seinem schwarzen Gerät in der Umhängetasche. Plötzlich ertönte Tizianas Stimme – wenn auch etwas krächzender – aus der Tasche:

... und seine Männer hüten
des Waldes Schönheit, Stolz und Pracht.
Sie wuseln hier, sie wuseln dort,
sie tun's bei Tag, sie tun's bei Nacht.
Kein Menschenau ...

Mehr war von dem Tonband nicht mehr zu hören, denn Tiziana schrie, als wäre sie auf einen spitzen Nagel getreten. Die Kinder starrten sie entsetzt an und Herr Winterhuber schlug hektisch auf die Tasten des Gerätes, bis das Band endlich stoppte. Tizianas Augen hatten sich zu Schlitzen verengt. Mit ihrem Blick schien sie den Reporter aufspießen zu wollen. Sie hatte aufgehört zu schreien, als ihre Stimme vom Tonband nicht mehr zu hören war. Plötzlich war es totenstill im Wald. Kein Wind regte sich. Kein Vogel zwitscherte. Kein Kind bewegte sich.

„Ey, was ..." Melanie hatte sich als Erste aus der Erstarrung gelöst. Doch Tiziana achtete nicht auf sie.

„Was hast du gemacht? Wer bist du? Wieso bin ich in deiner Tasche?" Tiziana presste jede Frage scharf wie Peitschenhiebe hervor. Wenn Herr Winterhuber nicht sowieso ständig diesen roten Kopf gehabt hätte, wäre er sicher blutrot angelaufen.

Ihm war unwohl. Er schwitzte. Er zitterte. Vor ihm stand doch nur ein Kind. Es stellte ihm Fragen. Seltsame Fragen, zugegeben. Warum war er so nervös? Das Kind wusste offensichtlich nicht, was ein Tonband war. So was kam vor. Warum aber war ihm das so unheimlich? Unheimlich? Er hatte Angst. Ja, richtige Angst.

Tiziana hatte ebenfalls Angst. Aber das wusste der Reporter nicht. Wer war dieser Zauberer, der einen in eine Tasche zaubern und dort sprechen lassen konnte, auch wenn man es nicht wollte?

„Ich will mich mal was fragen! Geht das?" Das war weniger eine Frage, als ein Befehl zu antworten.

Blitzschnell wandelte sich das angstverzerrte Gesicht des Reporters in ein Lächeln. „Du willst dich was fragen? In meiner Tasche?" Auch die anderen entspannten sich und fingen leise an zu kichern.

„Das ist ein Tonbandgerät. Darauf kannst du dich hören, aber nichts fragen. Es nimmt auf, was du gesagt hast, und wenn ich will, kann man es nochmal hören. So wie eben."

‚Wenn du das willst, soso! Also doch ein Zauberer', dachte Tiziana. Er verfügte über außerordentliche Zauberkräfte, die ihr Angst machten. Und dennoch fühlte sie sich überlegen. Irgendetwas stimmte nicht mit den Zauberkünsten dieses Reporters. (Hießen so die Zauberer in der Menschenwelt?)

Sie murmelte vor sich hin:

Stummer Fisch und Schrei des Raben,
das Hexenwort darf keiner haben.

„Kann ich noch mal etwas aus ihrer Tasche hören?", fragte Tiziana und ihre Stimme hatte einen triumphierenden Klang.
„Äh, bist du sicher?", fragte der Reporter unsicher.
„Nun machen sie schon", sagte Jenny. „Wir wollen schließlich endlich mit dem Müllsammeln anfangen. Wozu sind wir denn hier?"
Allgemeines zustimmendes Gemurmel. Allen war klar, dass Tiziana irgendwie ein komisches Mädchen war. Aber der Reporter war schließlich auch eine seltsame Type. Immer hatte er einen roten Kopf und er stank.
Herr Winterhuber nestelte an seinem Tonbandgerät. Er betätigte mehrere Tasten, murmelte zwischendurch: „Das kann doch nicht ... wo ist denn ... wieso ist ...", wurde nun hektischer, schaute dabei unsicher kurz auf Tiziana, die die Arme hinter dem Rücken verschränkte und ein bisschen auf den Zehenspitzen wippte.
„Also, ich", sagte er zu niemand Bestimmtem gewandt, „ich finde es nicht mehr auf dem Band. Vielleicht habe ich es versehentlich gelöscht. Aber das kann eigentlich auch nicht sein. Tzz ..."
„Ist ja nicht so schlimm", schaltete sich nun Herr Heiligenfeld ein. „Wenn ihnen was an dem Gedicht liegt, können sie Tiziana ja später bitten, es noch einmal aufzusagen." Und zu allen gewandt: „Wir fangen jetzt an. Geht in Gruppen los. Verliert euch nicht aus den Augen. Wir treffen uns in einer halben Stunde und sehen mal, wie viel Müll wir schon haben. Vielleicht machen wir dann noch eine weitere Sammelrunde, wenn ihr denkt, es liegt noch mehr Müll herum."
Laut plappernd strömten die Kinder gruppenweise in verschiedene Richtungen. Auch die Kinder von Tizianas Gruppe waren schon losgegangen.

Tiziana drehte sich noch einmal um, näherte sich dem Reporter, der in diesem Moment alleine herumstand und zischte ihm kaum hörbar zu: „Die Zauberei war nicht schlecht. Aber gegen mich hast du keine Chance! Also verschwinde aus diesem Wald, sonst hexe ich dir ein paar Furunkel an die Nase!" Ohne eine Antwort abzuwarten, drehte sie sich um und rannte zu ihrer Gruppe.

Herr Winterhuber zitterte wieder ein bisschen. „Es ist doch nur eine kleine freche Göre", sagte er sich immer wieder. Zur Sicherheit befühlte er seine Nase. ‚So ein Blödsinn, Furunkel!', dachte er und wischte sich die Schweißperlen von der Stirn.

Kapitel 18

Ungerade fehlklängige Zauberschwingungen

Umbra hatte ein Gefühl, als würden an ihren Flügelspitzen Bleigewichte hängen. In ihren besten Zeiten hätte sie diese Strecke mehrmals in der Nacht fliegen können, ohne auch nur einen Hauch von Ermüdung zu verspüren. Sie dachte an die Olle Lilli. Sicher machte sie sich Sorgen.

Am frühen Abend hatte Umbra den unwiderstehlichen Drang verspürt, die Reise zum Zauberschloss zu unternehmen. Da war ihr klar, der Große Merlin hatte sie gerufen. Und der Befehl des Oberzauberers duldete keinen Aufschub.

Spät am Abend erreichte sie den Zauberwald. Das Schloss würde sie wie von selbst finden, denn es zeigte sich nur den Wesen der Zauberwelt. Für alle anderen war es unsichtbar. Und mit einem Mal entdeckte Umbra eine Nebelschwade, die sich beim Näherkommen zu einem wunderschönen großen, mit Türmen und spitzen Zacken besetzten Prachtbau formte.

„Du hast mich gerufen, Großer Meister!", begrüßte die Eule den Merlin und machte eine Verbeugung. Der Zauberer schwebte über einem blauen, schweren Sessel in dem riesigen Audienzsaal, in dem er Besucher und Boten mit wichtigen Nachrichten empfing. Zu seiner Linken, auf einem fliegenden Teppich, kauerte Riffraff, die älteste aller Hexen und wichtigste Beraterin des Großen Merlins in Zauberfragen.

„Meine liebe Umbra", begann der Zauberer mit einer wohltönenden, sanften Stimme, die den Raum zu erwärmen schien, „du bist immer noch eine zuverlässige und schnelle Nachrichten-Eule."

Umbra bedankte sich für das Kompliment mit einer weiteren Verbeugung.

„Kommen wir zur Sache: Ich frage mich, was da in Mützendorf, der Menschenstadt, passiert. Ich verspüre ungerade fehlklängige Zauberschwingungen. Und das aus dem Reich einer Hexenmeisterin. Was läuft schief bei der Ollen Lilli?"

Umbra war erstaunt. Was meinte der Merlin? Es war doch alles in bester Ordnung, fand sie. Doch wenn der große Zauberer ungerade fehlklängige Zauberschwingungen aus so weiter Ferne aufnahm, dann konnte in der Tat etwas nicht stimmen.

So berichtete Umbra dem Großen Merlin, dass die Olle Lilli die kleine Hexe Tiziana Fidelia Rigoletta Furiosa in ihrem Baum gefunden hatte, von dem Müll, den sie mitgebracht hatte, von ihrem Wunsch, in die Schule zu gehen, von dem Ausflug mit Friedwart, wo sie die Männer beim Abladen der Waschmaschine beobachtet hatten und von dem Hexensud, den die Olle Lilli und Tiziana gebraut hatten, um die Menschen davon abzuhalten, weiter Müll in den Hexenwald zu werfen und den Wald zu zerstören.

„Als die beiden losgeflogen waren, um den Hexenzauber auszuprobieren, bin ich zu Hause geblieben und habe dann den Befehl erhalten, zu dir zu kommen", schloss Umbra ihren Bericht. „Da habe ich mich sofort aufgemacht."

Der Merlin hatte begonnen, vor dem Sessel auf und ab zu schweben. Er kratzte sich das Kinn und schüttelte immer wieder den Kopf. Umbra wagte nicht, ihn zu fragen, wieso fehlklängige Zauberschwingungen von Mützendorf kamen.

Endlich sprach der Merlin: „Etwas stimmt mit dem Hexengebräu nicht, das die beiden Hexen gekocht haben. Der Zauber wirkt nicht im Wald, sondern in der Welt der Menschen. Und das darf nicht sein. Das ist spirituelles Gesetz."

„Die Olle Lilli würde nie gegen die Hexengesetze verstoßen", sagte Umbra schnell.

„Nein, das würde sie nicht", wandte die Hexe Riffraff ein. „Ich glaube auch eher, der alten Eulilie ist ein Fehler unterlaufen. Sie ist mit zweieinhalbtausend Jahren nun auch nicht mehr die Jüngste."

Der Merlin lächelte, aber nur kurz. „Wir müssen etwas unternehmen, bevor eine Katastrophe passiert. Die Fehlklänge sind so stark, dass ich keinen anderen Weg sehe, als selbst nach Mützendorf zu reisen und nach dem Rechten zu sehen. Du fliegst sofort zurück und bestellst der Ollen Lilli, sie dürfe den Hexensud nicht mehr verwenden. Leider habe ich heute Nacht noch einen Termin – die Zünfte der Schreckschrauben und Nervtöter halten ihre Jahresversammlung ab. Und da ich ihr Ehrenvorsitzender bin, kann ich leider nicht fehlen."

Umbra nickte verständnisvoll.

„Richte der Ollen Lilli aus, ich werde mich nach dem Ende der Veranstaltung sofort auf den Weg machen. Hoffen wir, dass die ungeraden fehlklängigen Zauberschwingungen noch nicht zu viel Unheil angerichtet haben ..."

Der große Merlin wies die Eule mit einem Blick an loszufliegen. Sie machte noch eine Verbeugung und verschwand im nächsten Moment durch eines der hohen Turmfenster.

Umbra drehte eine Runde um das Zauberschloss. Dann trat sie ihre Reise zurück zur Ollen Lilli an. Mit jedem Flügelschlag der Eule verschwand das Zauberschloss wieder mehr und mehr im Nebel und löste sich darin auf.

Kapitel 19

Plötzliche Finsternis

Melanie, Jenny, Thomas und Karl streiften durch den Wald. Überall an den Wegrändern und im angrenzenden Unterholz suchten sie nach Abfall. Tiziana hatte zu ihnen aufgeschlossen und trottete hinterher. Thomas und Karl hatten jeder einen blauen Müllsack in der Hand.

„Na, habt ihr schon was gefunden?", fragte Tiziana.

„Nicht ein einziges kleines Fitzelchen Müll", antwortete Jenny. „Es ist nicht zu glauben. Als wäre letzte Nacht schon jemand hier durchgegangen und hätte alles aufgesammelt."

„Wer sollte so etwas tun?", fragte Tiziana und konnte sich ein Grinsen nur mit Mühe verkneifen.

Sie streunten weiter, doch allen war klar, sie würden in diesem Wald nichts, aber auch gar nichts finden, was nicht hierher gehörte. Sie begannen herumzualbern, spielten Nachlaufen und Verstecken. Tiziana kannte keines der Spiele, doch sie begriff schnell die Regeln und hatte großen Spaß.

Nun war Tiziana mit Suchen dran. Sie hatte sich an einen Baum gestellt, zählte langsam bis 10 und rief dann:

„Eckstein, Eckstein,
der Wald darf nicht verdreckt sein.
Entschuldigungen gelten nicht,
sonst holt dich der Heinz, der Wicht!
1, 2, 3, ich komme!"

Währenddessen rannten Thomas und Karl in Richtung ihres Geheimverstecks. Thomas rief über die Schulter: „Da findet uns Tiziana nie!"

Karl antwortete nicht. In der Nähe des Geheimverstecks fühlte er sich einfach unwohl. Er fragte sich, was sie an dem Platz vorfinden würden. Vielleicht hatte er gestern alles nur geträumt. Andererseits war es auch erstaunlich, dass im ganzen Wald kein Müll mehr zu finden war. Gab es da vielleicht einen Zusammenhang?

Sie hatten den Geheimplatz erreicht. Thomas blieb mit offenem Mund stehen. „Tatsächlich! Nichts mehr da! So eine Schweinerei!", sagte er. „Hier war aber jemand sehr gründlich."
Er ging langsam hin und her und schaute angestrengt auf den Boden, als erwarte er bei genauem Hinsehen, doch alle ihre Sachen wiederzuentdecken.
„Findest du das nicht alles ein bisschen unheimlich?", fragte Karl vorsichtig.
Thomas wunderte sich schon etwas über seinen Freund. „Wieso unheimlich? Jemand hat im Wald aufgeräumt. Und dieser Jemand war sehr gründlich. Kein Wunder also, dass auch unser Geheimplatz entdeckt wurde. Letztlich waren die Sachen, die wir zusammengesucht hatten, ja auch nur Müll."
Karl ging vorsichtig in die Mitte des Platzes. Er bewegte sich, als habe er Angst, etwas zu zertreten.
„Willst du einen Kaugummi?", fragte Thomas seinen Freund. Der schüttelte den Kopf. Thomas nahm einen Streifen aus der Tasche und steckte ihn in den Mund. Das Papierchen knüllte er zusammen und wollte es in die Tasche stecken.
„Wirf es doch mal auf den Boden!", sagte Karl mit einem Blick auf Thomas' Hand.
Thomas glotzte Karl an. „Geht's dir nicht gut? Oder sollen wir jetzt selbst Müll in den Wald werfen, damit wir wenigstens etwas gefunden haben?"
„Quatsch! Wirf es einfach auf den Boden! Du kannst es ja wieder aufheben", Karl schluckte, „wenn es noch da ist."

„Wie, ‚wenn es noch da ist'? Was redest du da für komische Sachen? Ist was nicht in Ordnung mit dir?"

Thomas war besorgt. Karl hatte seit gestern einen roten Kopf, vielleicht Fieber. Und dann dieser Gestank.

Karl zuckte mit den Schultern.

Thomas schaute das Stanniolpapierchen an und warf es kurz entschlossen auf den Boden. Dabei schaute er Karl an. Der verfolgte den kurzen Flug des Papierchens. Mit offenem Mund, ohne einen Ton hervorzubringen, zeigte er auf den Boden.

Thomas folgte seinem Blick und augenblicklich wurde es in seinem Körper glühend heiß. Das Papierchen war weg. Das konnte doch nicht sein.

„Du hast das gewusst?", fragte Thomas nach einiger Zeit. Er stand immer noch wie versteinert da.

Karl nickte: „Das Gleiche ist mir gestern auch passiert. Mit einem Schokoladenpapierchen."

Thomas kramte in seiner Tasche. Nach einigem Suchen fand er einen alten Einkaufszettel, den ihm seine Mutter vor ein paar Tagen geschrieben hatte. Langsam, wie in Zeitlupe, ging er ein paar Schritte an den Rand des Platzes und warf den Zettel dort auf den Boden. Im selben Moment, in dem er den Boden berührte, war er verschwunden.

„Wahnsinn!", sagte er.

Karl stellte sich neben ihn. „Ich glaube, hier spukt's."

Thomas konnte das nicht glauben. Er war verwirrt. Karl hatte ihm nicht geglaubt, dass er eine Hexe gesehen hatte, und nun behauptete ausgerechnet Karl, hier im Wald würde es spuken. Aber gab es eine andere Erklärung? Plötzlich hörten sie schnelle Schritte. Melanie kam durch das Gestrüpp auf die kleine Lichtung gelaufen. Als sie die beiden Jungen sah, blieb sie abrupt stehen, schaute sich um und sagte mit dem Kopf nickend: „Gutes Versteck!"

Dann betrachtete sie die beiden genauer. „Wieso seid ihr so rot im Gesicht? Habe ich euch bei etwas Verbotenem erwischt?"

Sie lachte laut auf. „Tiziana ist hinter mir her. Besser, wir hauen ab." In diesem Moment sprang Tiziana durch das Gebüsch in die Mitte des Platzes.

„Hab ich euch!", schrie sie dabei und jauchzte.

„Zu spät", sagte Melanie zu den Jungen. Sie schaute auf die Uhr. „Hey, wir müssen zurück zum Treffpunkt. Wir sind schon über der Zeit."

Herr Heiligenfeld, die anderen Kinder und Herr Winterhuber waren schon da.

„Na, auch nichts gefunden?", fragte Herr Heiligenfeld, aber er konnte an den leeren Tüten die Antwort ablesen.

Alle redeten durcheinander und hatten Überlegungen angestellt, warum im ganzen Wald kein Müll zu finden war. Einige meinten, es wäre ihnen eine andere Klasse zuvorgekommen und würde statt ihrer morgen in der Zeitung stehen. Das allerdings schloss Herr Winterhuber sofort aus. Vielleicht hatte auch die Müllabfuhr schon hier aufgeräumt.

„Oder es waren der Heinz und seine Männer", scherzte Herr Heiligenfeld und lachte Tiziana an. Tiziana grinste schelmisch zurück.

„Nun ist die ganze Aktion irgendwie schiefgelaufen", sagte Jenny und sie klang traurig. Die anderen stimmten murmelnd zu.

Tiziana stutzte. War es ein Fehler gewesen, mit der Ollen Lilli den ganzen Wald sauber zu zaubern? Die Kinder schienen gehofft zu haben, Müll im Wald zu finden.

„Was schreiben Sie denn jetzt in Ihrer Zeitung?", fragte Melanie den Reporter.

Der zuckte mit den Schultern. „Mir wird schon was einfallen."

„Drucken Sie doch wenigstens das Gedicht von Tiziana", schlug Jenny vor.

„Ich stecke meine Stimme nicht mehr in dieses Gerät!", sagte Tiziana entschieden.

Herr Winterhuber wedelte mit den Händen. „Nein, nein! Nicht nötig! Aber wenn du es mir aufschreiben willst ... Wir haben

eine Rubrik ‚Leser schreiben für Leser'. Würdest du das tun?"
Tiziana schaute verlegen zur Seite. „Ich kann noch nicht schreiben."
„Ach", machte Herr Winterhuber.
„Gehen wir!", sagte Herr Heiligenfeld.
„Wir müssen doch noch den Müll bei Tizianas Tante abholen", erinnerte sie Melanie.
„Ach ja, richtig!", sagte Herr Heiligenfeld. „Ist denn der Müll noch da? Oder kommen wir da auch vergebens?"
„Natürlich ist der noch da", antwortete Tiziana.
„Da sei dir mal nicht so sicher", warf Thomas ein. „Hier geht es womöglich nicht mit rechten Dingen zu."
„Wenn ich sage, der Müll ist noch da, dann ist der Müll noch da!", antwortete Tiziana und stemmte die Hände in die Hüften. „Geh'n wir, dann lernt ihr auch mal die Olle Lilli kennen."
Von einem Moment auf den anderen wurde es finster wie in einer mondlosen Nacht. Kein Vogel zwitscherte, kein Wind wehte, nichts. Die Kinder verstummten, blieben reglos stehen und einige fassten einander an den Händen. Die Baumwipfel waren nicht einmal als Schatten zu erkennen. Es war, als hätte sich plötzlich ein riesiger schwarzer Umhang über die Welt gelegt.
So plötzlich wie die Dunkelheit gekommen war, verschwand sie auch wieder. Alle begannen aufgeregt und wild durcheinander zu reden. War das eine Sonnenfinsternis gewesen? Hatte eine gigantische schwarze Wolke oder eher ein Raumschiff den Himmel verdunkelt? War die Erde von einem Asteroiden aus der Bahn geworfen oder von Außerirdischen in den unendlichen Weltraum entführt worden? Alle hatten Ideen, aber natürlich keine Antworten. Herr Heiligenfeld verschaffte sich Gehör, beruhigte die Kinder ein bisschen und sie machten sich auf den Weg. Doch alle fragten sich weiterhin, was der Grund für dieses seltsame Naturschauspiel gewesen sein konnte.
Während ein Nieselregen langsam ihre Jacken aufweichte und die Haare in Strähnen herabhängen ließ, näherten sich die aufeinan-

der einschwatzenden Kinder Lillis kleiner Hütte. Tiziana wusste, dass es keine plötzliche Sonnenfinsternis oder sonst ein Naturereignis gewesen war, das sie da gerade erlebt hatten. Sie wusste, der Große Merlin war in die Menschenwelt gekommen.

Kapitel 20

Der Herrscher über
das Zauberreich

Um sich abzulenken und nicht dauernd aus dem Fenster zu schauen, begann die Olle Lilli ihre kleine Hütte aufzuräumen. Seufzend hob sie einen Gürtel und ein Schultertuch von Tiziana vom Boden auf. Die kleine Hexe war, weiß der Hexendonner, nicht die Ordentlichste.

Tag und Nacht spielten auf ihrem Hut Nachlaufen. Als die Olle Lilli sich bückte, purzelten sie auf den Boden und sausten unter einen der großen Sessel. Man hörte ein aufgeregtes und albernes Quieken. Die Olle Lilli lächelte.

Sie rückte den Tisch zur Seite, rollte einen der schweren, flauschigen Teppiche auf und trug ihn vor die Hütte. Als sie ihn mit einem Besen – selbstverständlich einem Menschenbesen – ausklopfen wollte, sah sie am Himmel einen vertrauten Schatten.

„Umbra! Endlich!" Voller Freude winkte sie ihr und die Eule landete schwer auf Lillis Schulter.

„Da bist du ja, du alter Ausreißer!", lachte die Olle Lilli, während sie wieder das Gleichgewicht fand.

„Du machst einer alten Hexe aber Kummer! Wo warst du nur? Hast du Hunger? Oder willst du dich erst einmal ausruhen?"

Umbra hätte gerne wenigstens auf eine der vielen Fragen eine Antwort gegeben, aber es kamen immer neue Fragen von der alten Hexe. „Soll ich dir einen leckeren Feldhasenbrei mit Sirup machen? Wo warst du nur? Ich hab mir richtige Sorgen gemacht!"

Umbra brummte etwas Unverständliches. Sie war müde vom langen Flug. Der Gedanke an Fressen machte sie hingegen wacher und sie nickte.

Die Olle Lilli betrat die Hütte und Umbra vernahm ein Krächzen, das ihr sehr bekannt vorkam.

Friedwart saß auf ihrer Stange, grinste sie an und begann heiser zu singen: „Die Eu-le, die Eu-le, nimmt Abschied mit Geheu-le ...", und Umbra sang weiter: „Ach, der Friedwart, ja, ach der Friedwart, ja, ach der Friedwart, Friedwart, ja!"

Alle lachten und die Olle Lilli, die inzwischen Wasser auf dem Herd aufgesetzt hatte, meinte, ob sie nicht vielleicht in Bremen ein Konzert geben wollten.

„Ich mache so bald keine weiten Reisen mehr", sagte Umbra, während sie ihr Gefieder säuberte.

„Nun erzähle endlich, wo du warst! Wir haben uns solche Sorgen gemacht." Die Olle Lilli schwenkte drohend den Kochlöffel.

„Und bitte sing nicht, das dauert zu lange!", ergänzte Friedwart.

Umbra blickte Friedwart vielsagend an und begann zu erzählen.

Als sie ihren Bericht beendet hatte, schaute die Olle Lilli betroffen drein. „Oje, dass mir das in meinem Hexenleben noch passieren muss. Ich, Eulilie Kandelaber Zuckerstange, eine Verursacherin von ungeraden fehlklängigen Zauberschwingungen ..."

Sie schüttelte den Kopf und schaute zu Boden. „Und nun kommt auch noch der Große Merlin höchstpersönlich, um alles wieder zu richten." Sie rührte gedankenverloren in dem Püree. „Und wir haben das Hexenmittel bereits vollständig aufgebraucht. Ich hatte gleich so ein ungutes Gefühl, als der Müll durch unsere Hexerei verschwand und keine stinkenden Dornengebüsche mit roten Blüten erschienen. Oje, oje, das wäre mir vor tausend Jahren nicht passiert."

Friedwart und Umbra schauten sich an. Wie konnten sie die Olle Lilli trösten? Sie wussten, wie stolz Hexen auf ihre Zauberkräfte waren und dass es für sie nur in absolut äußersten Notfällen erlaubt war, die Menschenwelt mit ihren Hexereien zu verändern und die Menschen damit möglicherweise auf sich aufmerksam zu machen. Denn nur, wenn sie im Verborgenen hexen konnten, hatten sie ihre Ruhe vor den Menschen. Was hätten die darum gegeben, über die Kräfte aus dem Zauberreich zu verfügen?

Aber die Hexen und Zauberer wussten, dass die Menschen damit nur Unfug angestellt hätten, zum Beispiel, sich alles zu hexen, was sie haben wollten oder ihre Feinde schwach zu hexen. Deshalb war es spirituelles Hexengesetz, nicht die Welt der Menschen zu behexen. Aber genau das war geschehen.

„Und ich weiß noch nicht einmal, was da in der Menschenwelt passiert ist", sagte die Olle Lilli beschämt vor sich hin.

Plötzlich standen die beiden Ratten auf den Hinterbeinen vor der alten Hexe. „Was wollt ihr zwei beiden denn?", fragte sie, sich zu ihnen hinunterbeugend. Die beiden Nager quiekten aufgeregt. Die Olle Lilli ließ sie auf ihren Hut klettern, wo sie sich eng zusammenkauerten.

Im gleichen Moment wurde es draußen vor der Hütte finster. Die Kerzen flackerten und drohten zu erlöschen. Alle Gegenstände in der Hütte schienen leicht zu zittern und das inzwischen kochende Wasser schwappte bedrohlich über den Kesselrand. Doch Friedwart, Umbra und die Olle Lilli schauten auf das Hexenregal, wo Unglaubliches geschah.

Die Essenzen und Tinkturen in den kleinen Flaschen begannen zu tanzen und ihr Inhalt brodelte und leuchtete in allen Regenbogenfarben. Ein tiefes Brummen, wie der Gesang der Erde, erfüllte die Hütte. Es schwoll an und die Gläser, Tassen und Teller im Schrank klirrten rhythmisch. Dann wurde es gleißend hell in der Hütte. Ein Gebilde formte sich in der Mitte des Raumes. Es glitzerte wie tausende Wunderkerzen.

Die Olle Lilli hatte längst begriffen, wer hier sein Erscheinen ankündigte: Der Große Merlin, oberster Herrscher über das Zauberreich der Geisterwelt.

Das Glitzern und Funkeln nahm nun die Gestalt des Zauberers an. Er schwebte wieder über dem Boden und seine Füße blieben in einem Strauß von Funken und Blitzen verborgen.

„Die Hexenmeisterin Eulilie Kandelaber Zuckerstange erweist dem Großen Merlin, Herrscher über die Kräfte des Geistes, die Ehre."

Die Olle Lilli machte einen Knicks, wie ihn kleine Mädchen bei alten Tanten machen.

Friedwart versuchte die Bewegung nachzuahmen und rutschte beinahe von der Stange. Es entfuhr ihm ein erstickter Schrei, den aber keiner beachtete. Nur Umbra strafte ihn mit einem vorwurfsvollen Blick.

„Meine liebe Eulilie", begann der Zauberer und schaute sich um, „du lebst mitten unter den Menschen. Das ist gefährlich. Gefährlich für die Menschen."

„Es scheint so, Großer Merlin. Umbra hat mir erzählt, warum du kommen würdest. Ich habe mehrere Hexenrezepte aus dem großen Hexenbuch zusammengestellt, um einen Zaubertrank gegen den Müll der Menschen im Zauberwald zu brauen. Aber leider ist etwas schiefgegangen. Ich weiß allerdings nicht, was!"

Der Merlin lächelte. Er schaute auf das Bücherregal, in dem der dicke Wälzer stand, aus dem die Rezepte stammten, die die beiden Hexen verwendet hatten.

Einen Moment später schwebte das große Buch quer durch den Raum und öffnete sich an der richtigen Stelle direkt vor dem Zauberer.

„Dann wollen wir doch einmal schauen, was da passiert ist."

Der Merlin vertiefte sich in das Buch.

Friedwart traute sich kaum zu atmen. Er hatte Angst. Noch nie in seinem Rabenleben hatte er den Großen Merlin gesehen. Man erzählte sich im Hexenwald Geschichten von seiner Zauberkraft, von seiner Weisheit, aber auch von seinen schrecklichen Strafen, wenn Wesen mit Zauberkräften ihre Macht missbrauchten. Er verwandelte sie kurzerhand in Matschklumpen oder verdorrte Brennnesselpflanzen am Wegrand und manchmal sogar in Haare, die in Ohren frecher Menschenwesen wuchsen.

„Was ist das für eine Idee, den Müll der Menschen zu verhexen?", fragte der Zauberer und seine Stimme ließ Unmut spüren. „Die Menschen sollen sich doch um ihren Dreck selbst kümmern. Seid ihr denn von allen guten Zaubergeistern verlassen?"

Die Olle Lilli stellte den brodelnden Kessel vom Herd. Umbra würde noch eine Weile auf ihr Essen warten müssen.

„Die Menschen betreten den Zauberwald und lassen dort schon seit einiger Zeit Dinge liegen, die sie nicht mehr brauchen", erklärte sie. „Tiziana lebt in dem Wald und wir haben gemeinsam überlegt, wie wir die Menschen daran hindern könnten, ihren Abfall weiterhin dort abzuladen."

„Na ja, das mit dem stinkenden Dornengebüsch war ja auch keine schlechte Idee." Der Merlin las weiter in dem Hexenbuch. „Außerdem kann ich keinen Fehler in dem Rezept finden", sagte er schließlich. „Ich frage mich nur, wo ihr im Herbst frisches Sternschuppensalz herbekommen habt. Das kann man doch nur in der Polarnacht ernten." Der Merlin schaute auf. „Und altes Salz hätte ja auch nur dazu geführt, dass der Busch nie geblüht hätte. Aber es ist ja etwas völlig anderes passiert. Schauen wir mal weiter ..."

„Wieso Sternschuppen? Stand da nicht Sternschnuppen?", fragte die Olle Lilli aufgeregt.

Der Merlin blickte auf. „Ihr habt Sternschnuppensalz genommen?" Er nickte verstehend. „Nun wird mir vieles klar. Mit Sternschnuppensalz verändert man die Menschen. Es verhext ihren Körper ... Mmh!"

Wieder blickte der Merlin in das Buch. Er kratzte sich am Kinn und die Blitze zu seinen Füßen funkelten und glühten heftig.

Im Garten waren plötzlich laute Kinderstimmen zu hören. Der Merlin schaute auf. Ein strafender Blick traf die Olle Lilli. „Ist es nicht so, dass Hexen abgeschieden von den Menschen leben sollen?" Die Olle Lilli schlug die Augen nieder. Dann sagte sie: „Das ist Tiziana mit ihrer Schulklasse. Die Kinder wollen den Müll in meinem Garten abholen und zur Mülldeponie bringen."

„Soso", sagte der Zauberer. „Diese Tiziana und die Kinder möchte ich gerne kennenlernen."

Im gleichen Moment hüllten die Blitze den Zauberer ein. Sekunden später ließ das Funkeln wieder nach und vor der Ollen Lilli stand ein älterer Herr mit Pfeife im Mund und Pantoffeln an den – nun vorhandenen – Füßen. Während er sich seine Strickjacke zuknöpfte, schlurfte er lächelnd zur Türe, stellte sich auf die Terrasse und paffte kleine Wölkchen in die Luft.

Die Olle Lilli folgte ihm.

Kapitel 21

Das Rezept
des Merlins

D ie Kinder blieben stehen und schauten auf ein kleines Häuschen mit Blumen vor den Fenstern und einem knallroten Dach. Aus dem Kamin stieg Rauch auf. Vor der Hütte, auf der Terrasse, sahen die Kinder schon die Berge von Müll stehen, von denen Tiziana erzählt hatte, sowie einen alten Mann mit Pfeife und eine alte Frau mit einem riesigen Hut.

Tiziana öffnete das Gartentörchen und Herr Heiligenfeld, der Reporter und die Kinder folgten ihr.
„Das ist aber schön, dass Tizianas Klasse mich einmal besuchen kommt", begrüßte die Olle Lilli die Näherkommenden freundlich. „Mein Name ist Eulilie Kandelaber Zuckerstange, aber ihr könnt mich einfach Olle Lilli nennen."
Die Kinder starrten sie mit offenem Mund an.
Plötzlich entdeckte Melanie die beiden Ratten auf dem Hut. „Sie haben da ...", begann sie und deutete mit dem Finger darauf.
Die Olle Lilli stutzte kurz, dann lächelte sie, senkte leicht den Kopf und sagte: „Darf ich vorstellen, Tag und Nacht, meine ständigen Begleiter. Absolut zahm übrigens."
Nun stellte sie auch den älteren Herrn vor, der die ganze Zeit neben ihr gestanden und an seiner Pfeife gezogen hatte.
„Ihr seid ja nicht der einzige Besuch heute. Überraschenderweise hat mich mein alter Freund, äh, Merlin besucht."
Der Merlin schaute über seine Brille hinweg die Kinder an, lächelte und nickte allen zu. Sein Blick verweilte kurz auf Tiziana. Und die Macht, die von ihm ausging, überwältigte sie. Kein Zweifel: Vor ihr stand der Herrscher über das Zauberreich.
„Ich hoffe, wir kommen nicht ungelegen", sagte Herr Heiligenfeld.

„Wir wollten eigentlich nur Tizianas Abfall abholen."

„Im Wald ist nämlich nicht das kleinste bisschen Müll zu finden", erklärte Jenny.

„Nein, Sie kommen gar nicht ungelegen", beruhigte die Olle Lilli den Lehrer. „Ich mache am besten ein paar Marmeladenbrote, die mögen die Kinder doch bestimmt."

Ohne eine Antwort abzuwarten, ging sie zurück ins Haus. Da Friedwart so gerne Marmelade aß, hatte sie zuletzt einen Vorrat eingekocht.

„Und im Wald war gar kein Müll, sagst du?" Der Merlin hatte sich Jenny zugewandt.

Die erzählte nun auch alles, was sie am Morgen unternommen und erlebt hatten. Der Merlin nickte nur, machte „aha" und „oh".

Die Kinder freuten sich über sein Interesse und berichteten auch, wie sie auf die Idee gekommen waren, eine Waldsäuberungsaktion durchzuführen.

Später liefen sie durch den großen Garten, kletterten in dem Baum herum, in dem Tiziana damals eine Nacht verbracht hatte oder spielten Verstecken.

Nun trat die Olle Lilli wieder hinaus in den Garten. In der Hand hielt sie ein riesiges Tablett. Alle umringten sie und griffen mit schmutzigen Händen nach den Broten, die sich darauf auftürmten.

„Sie können aber schnell Brote schmieren", sagte Karl bewundernd, der wusste, wovon er sprach, da er zu Hause jeden Tag für seine Schulbrote selbst sorgen musste und schon für eine Scheibe Brot ewig brauchte, wie seine Mutter immer jammerte.

„Ach", sagte die Olle Lilli an Karl gewandt, „ich habe so meine Tricks, damit es ein bisschen schneller geht."

Dann griff sich auch Melanie ein Brot.

„Lass es aber nicht fallen", sagte die Olle Lilli lächelnd. Melanie starrte die alte Hexe an. „Woher ...? Ach, sicher von Tiziana!"

Die Olle Lilli lächelte vielsagend. Und an Tiziana gewandt, fuhr Melanie fort: „Du musst auch nicht alles weitererzählen!"

„Wenn du das Brot fallen lässt, dann wenigstens auf das andere Hosenbein", sagte Thomas. „Da ist nämlich noch eine kleine saubere Stelle."

Die anderen Kinder lachten.

„Du gehst dich am besten erst mal waschen, bevor du mit mir redest! Und nimm deinen Freund mit", sie deutete auf Karl, „der stinkt auch so!" Sie machte eine kleine Pause. „Kein Grund, rot zu werden!"

Nun lachten die Kinder wieder, nur Thomas und Karl nicht.

„Na, na, Kinder", mischte sich der Merlin ein. „Die beiden haben sich ein seltenes Virus eingefangen. Das vergeht wieder. Die richtige Medizin und ihr seid schnell wieder gesund."

Der Reporter war bei den letzten Worten des Merlins interessiert näher gekommen. Friedwart und Umbra, die in der Hütte hinter dem Fenster das Treiben beobachteten, bemerkten nun den Reporter. „Das ist doch einer von den Männern, die wir neulich

nachts am Waldrand beobachtet haben", sagte Umbra. Friedwart musste wieder über die guten Augen seiner Freundin staunen. „Den hätte ich nun nicht erkannt", sagte er.

„Doch, da bin ich sicher. Das war der Fahrer. Der hat mit einem anderen Mann, der nicht hier ist, die Waschmaschine im Wald abgeladen. Ich erkenne ihn ganz genau! Aber in der Nacht hatte er nicht so ein rotes Gesicht."

„Ich glaube, dann habe ich auch so ein Virus", sagte Herr Winterhuber gerade zu dem Merlin. „Kennen Sie sich mit solchen Sachen aus?"

„Ja, ein bisschen", antwortete der Zauberer bescheiden. Die anderen Kinder wurden aufmerksam. Besonders Karl und Thomas. Thomas hatte begriffen, dass er inzwischen genauso stank wie sein Freund, seitdem er auf der Lichtung das Kaugummipapierchen fallen gelassen hatte. Und Karl hatte am Tag zuvor Müll fallen lassen. Danach hatte Thomas Karl besucht und bemerkt, dass er einen roten Kopf hatte und unangenehm roch. Wie der Reporter. Thomas kombinierte: Dann hatte also auch der Reporter Müll in den Wald geworfen. ‚Vielleicht', dachte Thomas belustigt, ‚laufen alle Leute, die Müll in den Wald geworfen haben, nun mit einem roten Kopf und stinkend durch Mützendorf.'

„Sind Sie Arzt?", fragte Herr Winterhuber interessiert und schaltete sein Tonbandgerät ein. Er hielt dem Zauberer das Mikrofon vor das Gesicht.

„Sozusagen. Heiler wäre vielleicht ein besseres Wort. Bei uns gibt es keine Ärzte. Wir brauchen sie nicht." Der Merlin lächelte geheimnisvoll.

„Sie sind nicht aus dieser Gegend?", fragte der Reporter nach.

„Nein", antwortete der Merlin knapp. „Wollten Sie nicht etwas über dieses seltene Virus erfahren?"

„Äh, ja", stotterte Herr Winterhuber, der es gewohnt war, selbst die Fragen zu stellen und nicht welche gestellt zu bekommen. „Äh, ist das Virus ansteckend?"

„Nein, gar nicht", sagte der Merlin. „Es entwickelt sich im Körper unter bestimmten, seltenen Voraussetzungen."

„Können Sie das näher erklären?", fragte der Reporter nach.

„Tja", sagte der Merlin, „das klingt für Ihre Ohren sicherlich ein bisschen merkwürdig."

Der Zauberer ließ sich in dem Schaukelstuhl der Ollen Lilli nieder und nahm die Brille ab. Er steckte das Ende eines Bügels in den Mund und wiegte langsam den Kopf hin und her.

Herr Winterhuber war ratlos. Warum redete der alte Mann nicht weiter? Im selben Moment schaute der Merlin den Reporter an und für einen kurzen Moment, den die anderen Umstehenden nicht wahrnahmen, blitzten die Augen des Merlins gleißend hell. Den Reporter packte ein Schwindelgefühl, das ihn im nächsten Augenblick auch schon wieder verließ.

Gleichzeitig erfüllte ihn ein Gefühl von grenzenlosem Vertrauen zu dem alten Mann. Er würde ihm nun alles, ja alles glauben, selbst wenn er behauptet hätte, Herrn Winterhubers Mutter zu sein.

Musste man als Reporter denn nicht immer misstrauisch sein? Wieso wollte er dem alten Mann unbedingt alles glauben?

„Nun", fuhr der alte Mann fort, als sei nichts geschehen, „das Virus entsteht durch das Zusammentreffen von Sternenlichteinflüssen und Sachen."

„Was denn für Sachen?", fragte Herr Winterhuber nach.

„Irgendwelche Sachen", erklärte der Merlin. „Zum Beispiel Stühle, Tische, Tassen ... eben alles."

„Auch Marmeladenbrote?", fragte Melanie dazwischen und biss in ihres hinein, sodass der rote Saft an ihren Mundwinkeln herabtropfte.

„Auch Marmeladenbrote, selbstverständlich", sagte der Zauberer zu Melanie gewandt. „Aber nur, wenn etwas davon auf den Boden fällt."

Melanie hielt sofort die Hand unter ihr Brot und grinste.

„Es kommt dann zu Fehlklängen, wenn Menschen in dem Moment, wo Schuppen des Lichtes diese Gegenstände berühren, in das Licht geraten", fuhr der alte Mann an den Reporter gewandt fort.

Herr Winterhuber war sich sicher, nichts von dem, was der Mann sagte, zu verstehen.

Dennoch fragte er nicht nach, obwohl er das als Reporter unbedingt hätte tun müssen. Wieso verhielt er sich nur so seltsam?

Die umstehenden Kinder hatten großen Spaß an der Fantasie des alten Mannes. Wer konnte schon solche Geschichten erfinden, in denen von Lichtschuppen und Fehlklängen die Rede war? Tiziana kannte wirklich seltsame Leute: Die Olle Lilli mit ihren komischen Klamotten, auf deren Riesenhut lebende Ratten herumliefen, und einen alten Mann, der sich die ungeheuerlichsten Geschichten ausdachte.

Thomas und Karl hingegen hielten die Erklärungen des Mannes nicht für so völlig verrückt. Schließlich hatten sie im Wald verrücktere Dinge erlebt. Sie litten zudem darunter, dass sich die anderen Kinder immer in gebührendem Abstand zu ihnen aufhielten. Sie stanken einfach abscheulich und mussten den Geruch um alles in der Welt loswerden.

„... wir sprechen dann von Sternschuppen, die beim Aufeinandertreffen mit menschlicher Haut ein Salz absondern, das man Sternschuppensalz nennt."

„Aha, aha", sagte Herr Winterhuber gedankenverloren. „Aber Sie wollten uns erklären, wie man das Virus wieder los wird."

„Ist das denn nicht völlig klar?", fragte der Zauberer verdutzt.

Die Kinder lachten laut auf. Der Reporter schaute mit offenem Mund abwechselnd die Kinder und den alten Mann an. Hatte er als Einziger nichts von dem, was der seltsame Heiler gesagt hatte, verstanden? Ausgerechnet er, ein Reporter vom Mützendorfer Anzeiger? Wie peinlich!

„Sicher habe ich es verstanden", sagte er mit unsicherer Stimme. Wenn er nicht sowieso ein so rotes Gesicht gehabt hätte, wäre er nun vor Scham im Gesicht rot angelaufen. „Aber es wäre schön, wenn Sie als Fachmann es den Lesern unserer Zeitung noch einmal ganz genau erklären könnten."

Er machte ein wichtiges Gesicht.

„Na schön", sagte der große Zauberer und lachte die Kinder an. „Dann erkläre ich es Ihnen ganz genau. Sie sollten aber alles mitschreiben."

„Nicht nötig", sagte der Reporter. „Ich habe ja mein Aufnahmegerät. Das nimmt ihre Erklärung auf und heute Abend schreibe ich es ab."

Herr Winterhuber schlug mit der flachen Hand leicht auf seine Umhängetasche, in der sein Tonbandgerät steckte. Er griff hinein und drückte auf einen Knopf.

„Ach", wandte der Merlin ein, „auf diese technischen Geräte sollte man sich nicht unbedingt verlassen."

„Das war eben doch schon mal kaputt", sagte Jenny, „als Sie Tizianas Gedicht aufnehmen wollten."

Herr Winterhuber schnaufte laut und schaltete das Gerät aus.

Er nahm einen Block aus der Tasche, schlug eine leere Seite auf und sagte seufzend: „Ich höre!"

Der Merlin richtete sich im Stuhl auf und begann: „Also, um das Virus loszuwerden, muss man in einer Sternennacht in den Wald gehen, an etwas denken, das man dort einmal – sagen wir – vergessen oder verloren hat, die Hände auf den Kopf legen, ein Bein anwinkeln, dabei nicht wackeln, im Kreis tanzen und singen:

Das Salz der Sterne über mir,
den Tanz der Sachen tanz ich hier.
Ich sing das Lied: Verzeihe mir!
Für jede Blume, jedes Tier
und zähle leise zwei und vier.

„Warum muss man denn singen?", fragte Herr Winterhuber, der von seinen gesanglichen Fähigkeiten nicht sehr überzeugt war.

„Weil das Virus sonst nicht aus Ihrem Körper verschwindet", antwortete der Merlin und musste über das verdutzte Gesicht des Reporters lächeln. „Außerdem ist es wichtig, dass Sie falsch singen. Zumindest müssen Fehlklänge zu hören sein, verstehen Sie?" Obwohl der Reporter ganz offensichtlich wieder gar nichts verstand, nickte er.

Der Merlin hätte auch auf die Frage „Warum zwei und vier?" eine Antwort gewusst: Es waren ja ungerade Fehlklänge. Daher durfte man nur gerade Zahlen verwenden. Aber Herr Winterhuber schrieb noch immer den Liedtext auf und machte überhaupt nicht den Eindruck, als wäre er in der Lage, irgendwelche Fragen zu stellen. Er hatte sich mehrmals in die Haare gegriffen und sah jetzt ziemlich zerzaust aus, was durchaus zu seinen wirren Gedanken passte.

Der Reporter stellte sich vor, was passieren würde, wenn er dabei beobachtet würde, wie er heute Nacht in den Wald ging, dort merkwürdige Lieder mit falschen Tönen sang und dabei tanzte. Wahrscheinlich konnte er sich daraufhin nie wieder in Mützendorf blicken lassen. Aber darüber würde er später nachdenken.

Die anderen Kinder, auch Tiziana, hätten gerne noch mehr von den verrückten Einfällen des alten Mannes gehört, doch Herr Heiligenfeld mahnte zum Aufbruch: „Packt den Müll von Tiziana in die Säcke! Was nicht hineinpasst, nehmen wir so mit."

Die Kinder begannen mit der Arbeit. Sie lachten und alberten, während die Olle Lilli sich neugierig dem Merlin zuwandte: „Warum dieser Unfug mit dem Tanzen und Singen, Großer Meister? Es wäre dir doch ein Leichtes gewesen, den Menschen den roten Kopf und den Geruch einfach wegzuzaubern."

Der Zauberer grinste. „Nun, wie ich die Menschen kenne, werden sie es sich das nächste Mal sehr genau überlegen, ob sie etwas in den Wald werfen, wenn sie glauben, im Wald auf einem Bein hüpfen und singen zu müssen, um das Virus loszuwerden – und das noch dazu mitten in der Nacht und nur, wenn die Sterne zu sehen sind."

Er machte eine kleine Pause und schaute die Olle Lilli vielsagend an. „Ich habe mir auch noch eine kleine Überraschung für die Menschen ausgedacht, wenn sie mit dem Tanzen und Singen fertig sind. Damit sie ganz sicher begreifen, dass sie keinen Müll im Wald zurücklassen dürfen."

Tiziana kam angelaufen. „Ich gehe noch mit in die Schule, um die Sachen abzuliefern."

„Das ist also diese kleine Hexe, von der mir Umbra erzählt hat", sagte der Große Merlin und schaute ihr tief in die Augen. „Ich erwarte dich beim nächsten Vollmond in meinem Schloss. Umbra wird dir den Weg erklären. Ich habe darüber nachgedacht, wie es mit dir weitergehen soll. Du wirst in die Hexenschule gehen und dich auf die Hexenprüfung in der Walpurgisnacht vorbereiten. Und wer weiß ...", der Oberzauberer schaute die Olle Lilli an, „vielleicht wird aus dir ja irgendwann eine Hexenmeisterin, so wie unsere gute alte Eulilie hier."

Tizianas Herz schlug bis zum Hals. Was hatte der Große Zauberer da gerade gesagt? Sie sollte auf eine Hexenschule im Reich des Merlins gehen? Was hätte sie sich Schöneres wünschen können? Dort würde sie ganz selbstverständlich auch lesen und schreiben lernen, um die alten Hexenrezepte zu lesen und womöglich eigene zu erfinden. Beinahe hätte sie den Großen Merlin vor Freude umarmt, aber sie war sich nicht sicher, ob sich das gehörte.

Plötzlich musste sie lachen. Merlin und die Olle Lilli schauten sie verdutzt an.

„Ich habe gerade darüber nachgedacht", sagte sie zwischen zwei schrillen Lachanfällen, „was ich dem Müll der Menschen zu verdanken habe."

Die anderen Kinder riefen nach Tiziana.

„Nun lauf schon, mein Kind", sagte die Olle Lilli, der gerade klar geworden war, dass sie bald wieder mit der alten Umbra und zwei kleinen Ratten alleine leben würde. Dabei hatte sie sich gerade an die kleine Tiziana Fidelia Rigoletta Furiosa gewöhnt.

Als die Kinder den Garten der Ollen Lilli verließen, blieb Tiziana zurück, drehte sich noch einmal um, winkte und rief: „Tschüss, Lilli! Tschüss, Merlin! Bis bald!"

Dann rannte sie hüpfend den Schulkindern hinterher.

Kapitel 22

Kein Abschiedsfoto

D er Nieselregen hatte aufgehört und Tizianas Müll stand gestapelt auf dem Schulhof. Herr Winterhuber forderte die Kinder auf, sich davor zu gruppieren, während er seine Kamera einstellte. Er wolle noch ein Foto für die Zeitung machen. Was war das nun schon wieder?, fragte sich Tiziana mit ängstlichem Blick auf das kleine schwarze Ding in der Hand des Reporters.

Die Kinder bestiegen den Müllberg, lachten und versuchten, sich gegenseitig den besten Platz oben auf der Spitze des Berges streitig zu machen.

„Na, bist du froh, den Müll endlich los zu sein?", fragte Thomas Tiziana.

Die kleine Hexe nickte nur. „Kannst du mir sagen, was der Reporter da in der Hand hält?"

Sie deutete mit dem Kopf in die Richtung des Reporters. Thomas schaute sie wieder ungläubig an. „Du weißt nicht, was ein Fotoapparat ist?"

„Natürlich weiß ich, was ein Fotoapparat ist", sagte Tiziana schnell.

„Ich weiß nur nicht, was man damit macht."

Thomas schlug sich mit der flachen Hand an den Kopf.

„Es ist jedenfalls nichts Schlimmes, Tiziana", sagte er beruhigend.

„Er macht ein Foto von uns. Nachher sind wir auf dem Foto zu sehen. Wie in den Zeitschriften, die du im Wald gesammelt hast."

Tiziana dachte nach. War es günstig, wenn sie auf einem Foto, das womöglich in die Zeitung kam, zu sehen war? Wie würde das der Merlin finden? Er wollte, dass sich die Hexen und Zauberer aus der Welt der Menschen fernhielten. Tiziana murmelte:

Spiegelbild und Drachenei,
Fotomacher geh entzwei.

Im selben Moment hörte man Herrn Winterhuber fluchen. Alle schauten zu ihm hin. Er hob gerade seine Kamera vom Boden auf und betrachtete sie von allen Seiten. „Scheint nichts passiert zu sein", sagte er.

„Machen wir endlich das Foto?", rief Melanie von der Spitze des Mülltütenbergs. „Das dauert ja ewig!"

Herr Heiligenfeld mahnte die Kinder, ruhig sitzen beziehungsweise stehen zu bleiben.

Plötzlich schüttelte Herr Winterhuber den Kopf. „Da stimmt was nicht."

Er drehte am Objektiv, drückte immer wieder auf den Auslöser. „Ich glaube, da ist doch was kaputt!"

Die Kinder stöhnten auf. Einige kletterten von dem Müll herunter.

Karl näherte sich dem Reporter, verschränkte die Arme und sagte: „Für einen Reporter sind Sie aber technisch mies ausgerüstet. Erst geht Ihr Tonbandgerät kaputt und dann lassen Sie den Fotoapparat fallen."

Ohne eine Antwort abzuwarten, drehte sich Karl wieder um und verdrehte die Augen. Die anderen Kinder lachten laut.

Herr Heiligenfeld klatschte in die Hände. Die Kinder versammelten sich um ihn. „So, ihr Lieben! Ihr habt gut gearbeitet heute. Und wenn man Tizianas Müllberg anschaut ... Er ist so groß, dass wir zufrieden sein können. Der Wald ist im Moment sauber und das ist es ja, was wir wollten. Vielleicht schreibt Herr Winterhuber trotzdem etwas über uns in seiner Zeitung ..."

Er schaute zu dem Reporter hin, der nestelte aber immer noch an seinem Fotoapparat. „Morgen sehen wir uns wieder und reden ausführlich über den heutigen Tag. Tschüss!"

Johlend rannten die Kinder los.

Tiziana schlenderte vom Schulhof. Sie würde morgen früh nicht wieder hierherkommen. Es gab keinen Grund mehr. Ihren Müll war sie los, lesen und schreiben lernte man in dieser Schule sowieso nicht und sie durfte in die Hexenschule des Großen Merlins gehen.

Und welche Hexe hätte ein solches Angebot nicht angenommen?

„Hey, warte doch!", rief jemand hinter ihr. Es war Thomas. „Wahnsinn, wie du den ganzen Müll auf dem Besen transportiert hast, damals."

Tiziana lächelte. „Ja, ohne Last zu fliegen, ist natürlich viel einfacher."

„Äh, bringst du es mir bei? Du wolltest mich doch damals schon fliegen lassen."

Tiziana erinnerte sich an das erste Aufeinandertreffen mit Thomas, das ja eher ein Zusammenprall gewesen war. Es schien ihr, als sei das unendlich lange her. So viel war passiert.

Sie erinnerte sich auch, dass sie diesen Thomas Wie-hieß-er-noch eigentlich sofort ganz nett fand. Der erste Mensch, mit dem sie gesprochen hatte. Und der sie begreifen ließ, dass man vorsichtig im Umgang mit den Menschen sein musste.

„Ich kann dich nicht fliegen lassen, Thomas", sagte Tiziana nun. „Womöglich fällst du runter und dann steht morgen in der Zeitung ‚Schüler von fliegendem Besen gefallen'. Das wäre für die Hexenwelt eine Katastrophe. Und es gäbe einen Riesenärger mit dem Großen Me ..." Sie stockte. Zum Teufelsdrachen! Beinahe wäre sein Name vor einem Menschen gefallen! Dann hätte sie die Einladung in die Hexenschule vergessen können.

„Mit wem gäbe es Ärger?", fragte Thomas. „Ich verrate dich schon nicht."

Tiziana schaute Thomas an. Sie würde ihn nicht wiedersehen. Und Karl und Jenny und Melanie ...

„Die anderen in der Klasse wissen nicht so richtig, was sie von dir halten sollen", sagte Thomas, als habe er ihre Gedanken gelesen.

„Sie finden dich nett, aber irgendwie auch sehr seltsam." Er grinste. „Und irgendwie bist du ja auch seltsam."

„Meinst du, sie halten mich für eine Hexe?"

„Weiß nicht." Er zuckte mit den Schultern. „Das mit dem Besendienst und deine komischen Antworten. Ich glaube, die meisten denken, dass du irgendwie nicht ganz richtig bist im Oberstübchen." Dabei tippte er mit dem Finger an seine Stirn und grinste Tiziana an. „Was machst du heute Nachmittag?", fragte er.

„Abreisen, denke ich." Tiziana schaute Thomas nicht an. Aber sie spürte, wie er sie anstarrte.

„Du willst wieder weg?" Er war stehen geblieben. „Warum?"

Nun blieb auch Tiziana stehen. „Ich bin nur wegen des Mülls zu den Menschen gekommen. Dort habe ich die Olle Lilli getroffen", sie verschwieg ihm, dass diese auch eine Hexe war, „und habe eine Weile bei ihr gelebt. Aber ich kann doch als Hexe nicht in der Menschenwelt leben. Du hast ja gesehen, wie schwierig es ist."

Sie ging wieder weiter. Thomas folgte ihr. „Das heißt, du kommst morgen nicht mehr in die Schule?"

Tiziana nickte nur. Schweigend gingen sie nebeneinander her. Der Himmel war ein schmutzig grauer Klecks. Die Straßen glänzten von der Nässe und die Leute auf der Straße hatten wieder ihren Blick zu Boden gerichtet. Tiziana wusste immer noch nicht, warum sie das taten. Plötzlich standen sie und Thomas vor der Gartentür am Haus der Ollen Lilli.

Nach einer unendlich langen Weile sagte Tiziana: „Was machst du heute Nachmittag, wenn ich abreise?"

Thomas zuckte mit den Schultern. „Weiß nicht. Vielleicht spiele ich mit Karl Fußball ..."

„Wieso ist Karl nicht bei dir? Ihr seid doch sonst immer zusammen."

„Er hat doch Besendienst." Beide mussten lachen.

„Also dann ..." Tiziana ging langsam einen Schritt rückwärts auf den Garten zu. Sie schaute verlegen. Dann plötzlich wandte sie sich nach vorne und gab Thomas einen schnellen Kuss auf die Wange.

„Ey, pass auf! Ich stinke!", sagte Thomas.

„Ich rieche nichts", sagte Tiziana. „Mach dir übrigens keine Sorgen. Der Gestank und das rote Gesicht gehen wieder weg. Hexenehrenwort!"

Sie öffnete die kleine Gartentür und lief zum Haus. Auf der Terrasse drehte sie sich noch einmal kurz um und winkte.

Thomas rief: „Und grüß deine Krähe von mir!"

„Es ist ein Rabe!", rief Tiziana zurück.

„Ach ja!" Er winkte wieder und wartete, bis sie im Haus verschwunden war.

Kapitel 23
Immer den Wünschen
und Zielen nach

Als Tiziana die Hütte betrat, entdeckte sie die Olle Lilli mit einer Tasse Wurzeltee vor dem Kamin sitzend. Das Flackern des Feuers erweckte den Eindruck, als sei alles in der Hütte in Bewegung.

Tiziana setzte sich schweigend dazu und starrte in das Feuer. Nach einer Weile erhob sich die Olle Lilli und legte ein Scheit auf. Es fing bald Feuer und schien mit Flammen übergossen zu werden. Tiziana hielt das Schweigen nicht mehr aus: „Kommst du mit zum Zauberschloss?"

Die Olle Lilli stellte die Teetasse ab und blickte hinüber zu der jungen Hexe. „Nein, vielleicht gehe ich zurück in den Wald. Dahin, wo die Hexen hingehören. Aber ich komme dich besuchen in der Hexenschule. Und wenn du Prüfung hast, bin ich natürlich auch da, um dir die Daumen zu drücken." Sie lächelte.

„Es war schön bei dir", Tiziana schluckte. Sie bemerkte, dass die beiden Ratten sie aufmerksam anschauten.

Die Olle Lilli erhob sich und ging in eine Ecke des Raumes. Als sie zurückkam, hielt sie Tizianas Besen in der Hand.

„Ich habe ihn für dich gewachst. Fühl nur, wie glatt er ist. Es fliegt sich damit viel leichter." Sie hielt Tiziana den Besen hin.

Tiziana schaute auf den Besen, dann warf sie sich der Ollen Lilli in die Arme, während der Besen auf dem Teppich landete. Tiziana schluchzte hemmungslos. Die Olle Lilli strich ihr wortlos über die Haare, bis die kleine Hexe sich beruhigen konnte.

„Ach, Lilli! Abschiednehmen tut so weh!" Sie dachte auch ein bisschen an Thomas.

„Kleine Tiziana", sagte die Olle Lilli sanft, „sei nicht traurig. Je länger ein Leben dauert, umso öfter muss man Abschied nehmen.

Lass dir das von einer sehr, sehr alten Hexe gesagt sein. Es wird wohl nicht dein letzter Abschied sein." Sie löste sich von Tiziana und ging zur Garderobe.

Schlurfenden Schrittes und mit Tizianas Umhang in der Hand kam sie zurück. Tiziana warf ihn sich über und fasste beide Hände der Ollen Lilli.

„Wenn ich an dich denke, werde ich uns immer vor dem Kamin sitzen und Tee trinken sehen", sagte Tiziana und hob den Besen wieder vom Boden auf. Dann wandte sie sich plötzlich an Friedwart, der den Atem angehalten hatte, um nur ja nicht den Abschied der beiden Hexen zu stören. Neben ihm saß Umbra mit geschlossenen Augen.

„Los, du struppiger alter Krächzer! Wir müssen los!", rief ihm Tiziana plötzlich zu.

Friedwart streckte seine Flügel.

„Mach dich nicht so breit", sagte plötzlich Umbra in ihrer wohlig tiefen Stimme.

„Von nun an hast du die Stange wieder für dich ganz alleine", antwortete Friedwart.

Die Eule öffnete ein Auge. „Es ist also so weit."

Friedwart glotzte die Eule an. Die öffnete nun auch das andere Auge.

„Bleib ein anständiger Rabe", sagte Umbra. „Halt dich von den Schwalben im Turm fern. Sie wollen nur ihren Spaß haben, genauso wie diese oberflächlichen dummen Spatzen."

Sie drehte den Kopf einmal fast um die eigene Achse, dann fuhr sie fort: „Vielleicht ruft mich einmal der Merlin. Dann komme ich dich besuchen." Sie schloss wieder die Augen und das Gespräch schien beendet.

„Und es war schön mit dir", sagte Umbra ganz unvermittelt. Sie behielt dabei die Augen geschlossen.

Friedwart, immer noch mit offenem Schnabel, landete auf Tizianas Schulter.

„Nicht einschlafen, Umbra!", sagte Tiziana. „Du musst uns noch den Weg zum Zauberschloss des Großen Merlins erklären!"

„Ganz einfach", sagte die Eule mit weiterhin geschlossenen Augen. „Immer den Wünschen und Zielen nach. Irgendwann entdeckst du einen Nebel, der sich lichtet, wenn sie dir wirklich wichtig sind."

Vor der Hüttentür nahmen sich Tiziana und die Olle Lilli noch einmal in die Arme. Dann schwang sich Tiziana auf den Besen und hob langsam vom Boden ab.

Wortlos winkten sie einander zu, bis Rabe und Hexe am Horizont verschwunden waren.

Die Olle Lilli ging mit schweren Schritten zurück in die Hütte.

„Ich hätte ihn noch vor den Werwölfen im Schlossgarten warnen sollen", sagte Umbra leise.

Die Olle Lilli lächelte. „Die beiden kommen schon ohne uns zurecht, glaube ich." Dann nahm sie sich ein Tuch und begann den Tisch abzuwischen. Die Ratten auf ihrem Hut liefen wie aufgescheucht im Kreis.

Kapitel 24
Karls ungeheuerlicher Gedanke

„Der Rasen ist aber ganz schön nass", sagte Karl. Sie begannen, ein bisschen hin und her zu kicken.

Thomas schaute kurz in den Himmel, während er Karl sagen hörte: „Dieser Winterhuber war ja wirklich ein Superreporter!"

Er nahm Anlauf und zog mit voller Kraft ab. Der Ball prallte mit Wucht in Thomas' Bauch. Thomas knickte ein und fiel in das nasse Gras. Karl rannte zu seinem Freund, der sich die Hände vor den Bauch hielt.

„Wieso passt du nicht auf?", schimpfte er und dann sanfter: „Tut mir leid!" Er legte den Arm um Thomas' Schultern.

Thomas richtete sich wieder auf. „Halb so schlimm. Spielen wir weiter."

Sie bauten mit ihren Jacken ein Tor und Karl ging freiwillig als Erster hinein.

Karl redete weiter: „Bei dem war ja eigentlich alles kaputt. Ein Wunder, dass sein Kugelschreiber funktioniert hat." Er lachte.

Thomas nahm Anlauf und schoss. Der Ball ging am rechten Außenpfosten vorbei. Karl rannte hinterher. Thomas nutzte die Gelegenheit und schaute wieder in den Himmel. Und endlich!

Da war sie. Tiziana saß aufrecht auf dem Besen und blickte zu ihm hinunter. Er winkte. Sie winkte zurück. Dann war sie schon hinter den Baumwipfeln verschwunden.

„Ey, geht das jetzt wieder los mit deinen Himmelsblicken?", fragte Karl, leicht außer Atem.

In diesem Moment kam Friedwart über die Lichtung geflogen.

„Nein", sagte Thomas, „schau mal, ein Rabe!"

Auch Karl schaute nun in den Himmel. „Bin ich froh, dass es nur ein Rabe ist und keine Hexe."

Er lachte, dann stutzte er. Seine Augen wurden immer größer. Ein ganz ungeheuerlicher Gedanke machte sich breit in seinem Kopf, der sein Herz schneller schlagen ließ.

„Sag mal, wie hat eigentlich Tiziana diesen ganzen Müll zu ihrer Tante bekommen?"

Ihm fiel plötzlich die unglaubliche Geschichte ein, die Thomas ihm erzählt hatte, von einer Hexe, die in seiner Garage gelandet war, den Müll verstreut hatte und mit einem Raben sprach.

„Es war doch nicht etwa Tiziana, die da in deine Garage geflogen ist, damals?" Karls Stimme war lauter und ein bisschen schrill geworden.

Thomas wurde es heiß und kalt. Endlich war sein bester Freund bereit, ihm seine Geschichte zu glauben. Aber Thomas war sich sicher, dass niemals jemand erfahren durfte, wer Tiziana wirklich war. Er hatte ja gemerkt, wie sehr das Erlebnis mit einer Hexe seine Freundschaft zu Karl belastet hatte.

Tiziana hatte gesagt, die Hexen dürften nicht in die Menschenwelt eingreifen. Alles, was an ihre Anwesenheit erinnern konnte, musste verschwinden. Also auch sein Erlebnis mit ihr in der Garage. Es würde nur noch in seiner Erinnerung wirklich sein. Ansonsten hatte es die Hexe Tiziana Fidelia Rigoletta Furiosa nie gegeben.

Er schluckte. Dann sagte er mit ziemlich fester Stimme: „Was, Tiziana soll in meiner Garage gelandet sein? Das ist ja eine noch bessere Geschichte als meine. Tiziana war – äh, ich meine – ist ein ganz normales Mädchen ... Na ja, fast normal." Thomas lachte, aber es klang nicht sehr überzeugend.

„Willst du sagen, du hast dir die Geschichte mit dieser Müllhexe ausgedacht?"

Thomas nickte vorsichtig.

„Du wolltest mich so richtig für dumm verkaufen!"

Karl setzte sich auf den Ball. „Und diese ganze ständige In-den-Himmel-Guckerei war auch nur gespielt?"

Thomas nickte wieder. Karl stand auf und stellte sich ganz nah vor seinen Freund. Thomas nahm wahr, dass der unangenehme Geruch nachzulassen begann. Sie blickten einander in die Augen. Nach einer scheinbar unendlich langen Zeit sagte Karl: „Und das soll ich dir glauben?"

„Ja", sagte Thomas, der sich immer noch unwohl fühlte, schließlich belog er gerade seinen besten Freund. „Ich erfinde eben gerne Geschichten. Vielleicht schreibe ich mal Bücher. Vielleicht werde ich Schriftsteller. Schreiben kann ich jedenfalls besser als Rechnen."

Karls Gesicht veränderte sich schlagartig. „Au Mann! Morgen schreiben wir die Mathearbeit!" Er schlug sich an den Kopf. „Vielleicht sollten wir besser zu mir gehen und noch ein bisschen Mathe üben, als Fußball zu spielen oder Geschichten zu erfinden."

Ohne ein weiteres Wort sammelten sie ihre Jacken und den Ball vom Boden auf und rannten nach Hause. Thomas schaute auf dem Rückweg kein einziges Mal in den Himmel. Warum auch? Es gab ja nichts zu sehen ...

Kapitel 25

Ein merkwürdiges
Gekicher

Den Kragen der Jacke hochgeschlagen, eine Wollmütze tief ins Gesicht gezogen, verließ Herr Winterhuber, der Reporter vom Mützendorfer Anzeiger, sein Haus und machte sich auf den Weg zum Wald. Er parkte dicht am Waldrand, stieg aus, schaute sich um, konnte aber niemanden entdecken.

Wer sollte sich zu nachtschlafender Zeit auch schon im Stadtwald aufhalten?

Die Bürger von Mützendorf würden erst morgen durch ihn in der Zeitung erfahren, wie sie ihren ekelhaften Gestank und das knallrote Gesicht wieder loswerden konnten.

Was war es nachts finster hier draußen! Er beschloss, doch nicht so tief in den Wald hineinzugehen. Auch hier am Waldrand würde ihn sicher keiner sehen. Mit einem Blick in den Himmel überzeugte er sich, dass es sternenklar war.

Er entfaltete den kleinen Zettel, auf dem er sich den Liedtext notiert hatte, richtete den Strahl seiner Taschenlampe darauf und stellte sich auf sein rechtes Bein. Er wackelte zunächst hin und her, doch dann hatte er sein Gleichgewicht gefunden, sodass er mit dem Singen beginnen konnte.

Plötzlich glaubte er, ein leises Kichern zu hören. Als er innehielt, um zu lauschen, war es jedoch still. Sicherlich nur der Wind, beruhigte er sich. Andererseits: Es war windstill.

Nachdem er einmal tief Luft geholt hatte, begann er zu singen. Er sang laut.

Herr Winterhuber musste sich beim Falschsingen gar keine Mühe geben. Die Töne kamen so schräg, dass eine Melodie nicht zu erkennen war. Während des Singens glaubte er, wieder das Lachen zu hören. Dennoch sang er weiter.

Beim letzten Ton des Liedes geschah etwas, das ihn das Lauschen auf das merkwürdige Gekicher vergessen ließ. Sein rechter Fuß schmerzte unter einer schweren Last.

Er musste gar nicht erst den Gegenstand anleuchten, um zu wissen, was da auf seinem Fuß stand. Es war die alte defekte Waschmaschine, die er neulich mit seinem Bruder in den Wald gebracht hatte. Ja, genau hier war es gewesen. Wieso hatten die Kinder sie heute Morgen eigentlich nicht gefunden? Und jetzt stand diese Maschine auf seinem Fuß. Der Schmerz war so stark, dass er sich sofort mit aller Kraft gegen die Maschine stemmte, bis er den Fuß darunter wegziehen konnte.

Geschafft! Doch nun klebten seine Hände an der Waschmaschine fest. Ging das denn hier noch mit rechten Dingen zu?

Wieder dieses Lachen.

„Ist da jemand?", rief er. Er erschrak über seine laute Stimme. Das Lachen verstummte. Dafür hörte er etwas, das wie ein Schnaufen oder Grunzen klang. Hielt sich da jemand die Nase zu? „Blödsinn!", sagte er sich. Langsam ging seine Fantasie mit ihm durch. Er suchte nach vernünftigen Erklärungen für die Geschehnisse. Vielleicht war die Maschine voller Harz und deshalb klebten die Hände fest. Es blieb ihm nichts anderes übrig, er musste die Maschine wieder mitnehmen.

Er holte tief Luft und kippte sie leicht. Dieses Ding war aber verflucht schwer! Zentimeter um Zentimeter schleifte er das Gerät über den feuchten Waldboden zu seinem Auto. Er stöhnte bei jedem kleinen Schritt. Seine Hände schmerzten. Und immer dieses Lachen. Es klang, als mache sich jemand lustig über ihn. Manchmal kam das Kichern von vorn, manchmal von der Seite oder von hinten.

Am Ende wusste er nicht genau, wie er die Maschine ins Auto bekommen hatte. Im gleichen Moment hatten sich die Hände von der Maschine gelöst und er konnte nach Hause fahren. Morgen würde er das Ding auf der Mülldeponie abgeben. Er musste sich eingestehen, dass er im Wald ganz höllische Angst gehabt hatte. Auch jetzt zitterte er noch ein bisschen. Plötzlich erinnerte er sich an die Drohung des Mädchens: „Verschwinde aus diesem Wald, sonst hexe ich dir ein paar Furunkel an die Nase!"

Blödsinn, was sich diese frechen Kinder heutzutage ausdachten. Er befühlte kurz seine Nase, schüttelte den Kopf und fuhr zügig los.

Heinz hielt sich an einem Zweig fest. Sein Bauch tat ihm weh vom Lachen. Auch seine Männer lagen sich in den Armen, die Tränen rollten ihnen über die Wangen und manche von ihnen kippten glucksend von ihren kurzen Beinchen. Was taten die Menschenwesen doch manchmal für lustige Sachen? Sie tanzten mitten in der Nacht auf einem Bein und sangen so schrecklich schräg, dass man Ohrenschmerzen bekam.

Natürlich wussten die Heinzelmännchen, wem sie den Spaß mit dem selbstklebenden Müll verdankten: dem Großen Merlin. Langsam beruhigten sich die Wichte wieder. Noch immer prustend gab Heinz seinen Männern ein Zeichen und sie verschwanden in der Tiefe des Waldes.

Kapitel 26

Hexenschule, ich komme!

Tiziana genoss es, den kühlen Herbstwind in ihrem Gesicht zu spüren. Immer wieder flog sie große Schleifen am Himmel. Rauf und runter. Die Menschenwelt war winzig klein unter ihr geworden.

Während sie nach vorn schaute, wanderten ihre Gedanken zurück. Sie erinnerte sich, wie alles angefangen hatte ...

Wie sie sich plötzlich über die Unordnung in ihrer Hütte aufgeregt und sich entschlossen hatte, den Müll den Menschen zurückzubringen. Diese Entscheidung war der Anfang eines riesigen Abenteuers in der Menschenwelt gewesen.

Sie hatte viel über die Menschen erfahren. Es waren doch seltsame Wesen, dachte Tiziana lächelnd, mit ihrem Geld und ihren stinkenden Dosen auf der Straße, diese Menschen, die so viele Dinge wegwarfen und sogar ein bisschen zaubern konnten, wenn auch nicht besonders gut.

Sie hatte Freunde gewonnen, die sie vielleicht nie wiedersehen würde. Aber vergessen würde sie Thomas und die Olle Lilli nie. Das wusste sie.

Sie dachte an die Hexenschule und hoffte, auch dort Freunde zu finden.

Ihr Herz schlug laut. Was hatte Umbra gesagt: „Immer den Wünschen und Zielen nach. Irgendwann entdeckst du einen Nebel, der sich lichtet, wenn sie dir wirklich wichtig sind."

„Ja, ich will! Hexenschule, ich komme!", schrie sie mit heller Stimme der untergehenden Sonne entgegen.

Nachwort

Ich hoffe, dir hat die Geschichte von Tiziana Fidelia Rigoletta Furiosa gefallen. Mir hat es jedenfalls riesengroßen Spaß gemacht, sie mir auszudenken. Aber – das muss ich unbedingt noch loswerden – es ist eben eine Geschichte. In einer Geschichte kann man die Welt so machen wie man will ...

Das kann man aber nicht in der Wirklichkeit. Und wir alle leben ja meistens – nämlich, wenn wir nicht lesen – in der Wirklichkeit. Diese Wirklichkeit finde ich manchmal nicht so schön, zum Beispiel, wenn ich durch den Wald gehe und dort den Müll liegen sehe. Dann denke ich: Wie können Menschen so gedankenlos sein und so etwas tun? Ist ihnen der Wald egal? Haben sie vielleicht nicht darüber nachgedacht, wie schädlich das für den Wald und die Tiere und letztlich für uns alle ist?

Wäre es nicht toll, wenn wir etwas vom Zaubertrank der Ollen Lilli hätten und der Müll würde verschwinden? Ach, so etwas gibt es ja leider nur in Geschichten. In der Wirklichkeit haben wir keine Zaubertränke, um den Müll wegzuhexen. Aber – dem Hexendonner sei Dank – gibt es viele Kinder, die sich Gedanken darüber machen, wie das werden soll, wenn wir Menschen so viel Müll produzieren oder ihn in den Wald werfen.

Denn die Kinder in dieser Geschichte, die müssen nicht erfunden sein. Die kann es wirklich geben. Und die gibt es auch. Ganz sicher! Gehörst du auch zu ihnen?

Guido Kasmann

lebt und schreibt in seiner Geburtsstadt Köln. Lange Jahre arbeitete er als Grundschullehrer und in der Lehrerausbildung.

Zum Schreiben hat er durch seine Kinder gefunden, denen er häufig abends selbst erfundene Geschichten erzählte. Irgendwann begann er, sie aufzuschreiben.

In seiner Freizeit macht er gerne Musik, treibt ein bisschen Sport, liest oder sitzt einfach nur im Straßencafé.

Wenn er gefragt wird, warum er für Kinder schreibt, sagt er: „Alles in mir und an mir ist erwachsener oder einfach älter geworden, nur ein Teil meiner Fantasie nicht – und der erzählt mir meine Geschichten."

www.GuidoKasmann.de

Gundra Kucy

ist gebürtige Dresdnerin, wuchs aber in Schleswig-Holstein auf. Sie besuchte eine Kunstschule in Hamburg, wo sie Grafik studierte.

Gundra illustriert „schon ewig" Kinderbücher.

Es begann mit „Gute-Nacht-Geschichten" für ihre Tochter Joanna, die sie dann auch niederschrieb, weil sie des ständigen „Korrigierens" dieser müde wurde. Seitdem hat sie nun schon etliche Kinder-, Jugend- und Schulbücher illustriert. Die meisten davon für einen Verlag in Kanada, wo sie mit ihrem kanadischen Mann in Edmonton lebt.

Nun folgt sie der „Musik ihres Herzens" als Freiberufliche, indem sie illustriert, schreibt und malt, wenn sie nicht gerade draußen zwischen ihren geliebten Blumen herumwerkelt.

Guido Kasmann im BVK Buch Verlag Kempen

Fantastische Zauberwelten – Band 1
Der schwarze Nebel

Sind Drachen kitzlig? Kobold Kuno findet es heraus und verliert dadurch seine Schutzengel. Als er auf Jan trifft, gerät er in die Menschenwelt. Plötzlich entführen die bösen Dunkelelfen Rebecca und bringen sie dem mächtigen Drachen.

Jan und Kuno wollen sie befreien, doch zuerst müssen sie gegen fleischfressende Pflanzen, Moor-Nymphen und Springteufel kämpfen – bis sie vor dem Drachen stehen ...

Hardcover ab 8 J., 140 S., **Best.-Nr.: LI38**
ISBN 978-3-86740-155-5, **EUR 5,90**

Fantastische Zauberwelten – Band 2
Der Fluch des Bergzauberers

Die Dunkelelfen haben die Macht im Zauberreich übernommen, denn der Drachenfürst Feridun Flint von Funkenflug liegt in Ketten. Kobold Kuno begibt sich in die Menschenwelt und bittet Jan, Rebecca und Marvin um Hilfe. Zusammen mit dem kleinen Halbvampir Graf Mandala von Paprika reisen sie in die Zauberwelt. Dabei treffen sie auf den Bergzauberer, der sie gefangennimmt und den Dunkelelfen ausliefern möchte.

Die Lage scheint aussichtslos ...

Taschenbuch ab 8 J., 176 S., **Best.-Nr.: LI52**
ISBN 978-3-86740-245-3, **EUR 6,90**

Fantastische Zauberwelten – Band 3
Der Angriff der Dunkelelfen

Drachen im Garten? Jan, Rebecca und Marvin wundern sich über so etwas nicht mehr. Fürst Feridun, sein Vater Majestatus und Kobold Kuno sind in die Menschenwelt gekommen, um die Kinder um Hilfe zu bitten: Im Zauberreich wird es immer heißer. Ob die bösen Dunkelelfen, die in die Zauberwüste verbannt wurden, wohl etwas damit zu tun haben? Der Wüstenkönigin Garamanta und ihrem Volk muss jedenfalls geholfen werden!

Es kommt zu einem letzten, großen Kampf ...

Taschenbuch ab 8 J., 136 S., **Best.-Nr.: LI59**
ISBN 978-3-86740-315-3, **EUR 5,90**

Guido Kasmann im BVK Buch Verlag Kempen

Appetit auf Blutorangen

Kathi lernt das kleine Gespenst Gregor von Gutenbrink aus dem Hause derer von Niederfahrenhorst auf Burg Kummerschreck auf einer Geisterbahn kennen.

Gregor hat eine besondere Fähigkeit: Er kann Stimmen nachahmen. Klar, dass Kathi diese Fähigkeit zu nutzen weiß, z. B. beim Pfuschen in der Mathearbeit.

Aber leider bringt der vorlaute Gregor sie auch in peinliche Situationen, denn Kathi ist ein bisschen in ihren Klassenkameraden Thorsten verliebt. Ein Ausflug mit der Klasse zu einer Burg wird schließlich zu einem Abenteuer …

Hardcover ab 8 J., 120 S., **Best.-Nr.: LI01**
ISBN 978-3-936577-56-3, **EUR 5,90**

Das Schweigen des Grafen

Im Museum von Gregor, dem kleinen Gespenst, wird das Gemälde von Graf Wilhelm von Wiesenfeld dem Dritten gestohlen und nach London in eine geheimnisvolle Galerie gebracht. Gregor folgt den Dieben, denn er will den Grafen retten, der in dieses Bild gezaubert wurde.

Ein Glück, dass Kathis Klassenfahrt zur gleichen Zeit auch nach London führt. Zusammen mit dem Rest der Kummerschreck- Bande stürzen sich Kathi und Gregor in ein neues Abenteuer.

Eine spannende Fortsetzung des Taschenbuches „Appetit auf Blutorangen"!

Hardcover ab 8 J., 212 S., **Best.-Nr.: LI107**
ISBN 978-3-86740-792-2, **EUR 6,90**

Theo – das Tagebuch

„Gedichte? Du schreibst Gedichte?! Wie bescheuert ist das denn?" Ja, Theo, ein 12-jähriger Junge, schreibt Gedichte. Dabei gelingen ihm einfühlsame, emotionale Gedichte ebenso wie abgefahrene Rap-Texte. Im Buch verstreut finden sich interessante Informationen rund um das Gedichteschreiben und der Leser wird aufgefordert, selbst zum Stift zu greifen.

Hardcover ab 10 J., 136 S., **Best.-Nr.: LI88**
ISBN 978-3-86740-618-5, **EUR 10,90**

Guido Kasmann im BVK Buch Verlag Kempen

Die Bande der unbekannten Helden – rettet die Welt

Annika staunt: Im Arbeitszimmer ihres Vaters, einem Geschichtenerfinder, hängen merkwürdige Typen rum, ein stinkender Zwerg mit Namen Mief, XB-Omega 26 vom Planeten Plexus 3, Kapitän Hammerhaken und Skelett O'Hara ...
Dann bekommt Papa auch noch Besuch von einem Zauberer mit einer Topfpflanze. Annika belauscht das Gespräch zwischen den beiden und ihr wird klar: Sie muss die Welt vor dem bösen Zauberer retten. Und dazu braucht sie die Hilfe der unbekannten Helden in Papas Arbeitszimmer.

Aber die machen sich plötzlich selbstständig ...

Hardcover ab 8 J., 156 S., **Best.-Nr.: LI94**
ISBN 978-3-86740-640-6, **EUR 6,90**

Allaq – Jäger im Eis

Allaq, der Inuitjunge, ist plötzlich auf sich allein gestellt und der Gnadenlosigkeit des ewigen Eises ausgeliefert.
Wenn er überleben will, muss er Menschen finden, die ihn aufnehmen.
Sein Weg führt ihn durch die Eiswüste.
Er kämpft gegen Walrosse, Eisbären, Schneestürme, unmenschlichen Hunger und Erschöpfung. Und vor allem kämpft er darum, nicht aufzugeben.

Aber als er schneeblind wird, scheinen ihn seine letzten Kräfte zu verlassen.

Hardcover ab 10 J., 128 S., **Best.-Nr.: LI74**
ISBN 978-3-86740-474-7, **EUR 6,90**

Lena! Chaos! Klappe, die erste!

Lena ist begeistert. Ein Filmteam will bei ihr zu Hause drehen. Doch die Aufnahmen verlaufen chaotisch: Hund Satan bellt in die Szene, Ratte Karlchen beißt die Stromkabel der Scheinwerfer durch und eine Katze bringt den allergiegeplagten Regisseur an den Rand eines Nervenzusammenbruchs.
Dann ist auch noch plötzlich Matthäus, Lenas Steppenwaran, verschwunden und eine hektische Suchaktion beginnt.
Als der junge Hauptdarsteller Martin auf Lenas Pferd vom Drehort flieht und von der Polizei gesucht wird, begreift Lena, dass das Leben kein Film ist.

Hardcover ab 9 J., 240 S., **Best.-Nr.: LI105**
ISBN 978-3-86740-777-9, **EUR 8,90**

weitere Bücher unter: *www.buchverlagkempen.de*
oder unter: *www.GuidoKasmann.de*